昭和19年10月24日、レイテ沖海戦において彗星の急降下爆撃により大爆発を起こす米空母プリンストン。太平洋戦争末期、８人のパイロットたちは比島、台湾沖など、各々の戦場で熾烈な戦いを繰り広げた。機関学校50期は、操縦員となった者も含め、半数を越える同期生たちが戦死したという。

零戦二一型(上)と局地戦闘機紫電。機関科50期のパイロットたちが乗った機体。他にも一式陸攻、彗星などがあったが、８人のうち、銀河に搭乗していた宮内賢志大尉ひとりが奇蹟的に生きのこった。

NF文庫
ノンフィクション

新装版

八機の機関科《エンジニアリング》パイロット

海軍機関学校五十期の殉国

碇 義朗

潮書房光人新社

はじめに

「雪の降る晩であった。私は友だちの家に、レコードを聞きに行った。音楽が好きだとはいえ、まだ高尚な洋楽などあまりわからないころなので、いろんな難しい名曲を聞かされたけれども、本当に自分の心に響いてくれるようなものはなく、もうそろそろ眠くもなったのでお暇しようかと思った。ところが、『では、これで最後にしよう』といって友だちがかけてくれたのが、チャイコフスキーの『アンダンテカンタビーレ』であった。それが不思議にも私の心にくい込んできた。そして私はどこか深いところに引き込まれるように感じた。最後のあの消え入るような旋律が終わったとき、私はしばらくの間、じっと目をつぶって身動きもしなかった。

外では雪が静かに降っていた。

それ以来、この曲は私にとって忘れ難いものの一つとなってしまった。無論この曲の内容がどんなものかはよくわからないけれども、私自身には雪の降る静かな夜、しかもただ一人で聴くのでなければこの曲の本当の感じが出ないように思われるのである。

私は冬休暇に家に帰ると、雪の降る静かな夜更けを選んで、ただ一人この曲に聴き入る。そしてわけもない深い悲しみに襲われて、思わず泣き入ってしまうのである」

いまから五十年以上も前にこの文章を書いた若者は、小学校時代からラファエルの「聖母子」の模写に熱中したり、母にねだって買ってもらった「リンカーン物語」を読んで感動し、〟彼とともに苦しみ、彼とともに泣き、彼とともに笑った〟という多感な少年であった。

この少年は海軍の将校を養成する学校の一つである海軍機関学校に入り、厳格な教育を受けたが、冬休暇で家に帰るとレコードの「アンダンテカンタビーレ」を聞いてひそかに涙するみずみずしい情感を失わなかった。

彼の名は、東北岩手県出身の桜井一郎といい、桜井は冒頭の文章を書いてからわずか三年後に、ソロモン群島方面の海戦で戦死してしまった。最後となった出撃の直前に、基地で彼の艦を訪れた級友は、艦内の桜井中尉の私室の机上に『伊藤左千夫集』が置いてあったのを見たという。

桜井は戦死した当時、まだ二十歳を少し出たばかりの若さであったが、彼の弟もまた兄のあとを追って海軍機関学校に入って海軍士官となり、兄と前後して戦死してしまった。

戦争は哀しい。過ぐる太平洋戦争では多くの尊い命が失われたが、昭和十六年三月に海軍機関学校を卒業した桜井と同じ五十期七十六名のうち、じつに半数を越える四十二名が散華（うち一人は戦病死）している。太平洋戦争に参加した多くの海軍士官の中でも、この機関学校五十期と、コレスの兵学校六十九期の前後の期の戦死率がきわめて高い。二十歳そこそこで学校を終えたとたん戦場に出て、第一線の指揮官として敵の攻勢の矢表に立たなければならなかった宿命であったが、彼らはいずれも選ばれた若者たちであり、もし平和な世に生まれていたなら、さぞや社会のいろいろな分野でその才能を発揮したことだろうと想像される。

海軍機関学校は、その校名が示すように軍艦の機関、すなわちエンジンを動かす部門の指揮官——エンジニアリングオフィサーを養成する学校であるが、戦争の主役が軍艦から飛行機に移ってからは、航空部隊の中堅となる若手士官不足に悩んだ海軍は、エンジニアリングオフィサーの中からもパイロットを採用することにした。

機関学校五十期はその制度が本格的に適用された最初のクラスで、卒業した七十六名の中から八名が選ばれてこのコースに進んだ。兵学校出身者との教課の違いによるハンディに悩みながらも、彼らは一人前の飛行機乗りに成長したが、それぞれ実戦部隊に配属になったころから、敵の激しい攻勢が始まり、その敵を求めて出撃したものの、昭和十九年十月十二日からわずか一ヵ月半の間に、一人を除く七人が相次いで戦死した。

この本は、その生き残りの一名も含めた異色の機関学校五十期出身パイロット八人を中心に、大変な時代に青春を生きた同期の若者たちの姿を綴ったものである。私自身、同じ時代を経験してきた人間であるだけに、書いているうちに彼らの心の傷みや悲しみが惻々と伝わってきて、ともすればセンチメンタルに走りがちな筆にブレーキをかけるのに苦労した。
これは、エレジーではなく、平和な、あまりにも平和に狎《な》れた現代に贈る勇者たちの伝説なのである。

筆者

八機の機関科《エンジニアリング》パイロット――目次

第三部　苛烈なる空戦

写真提供／各関係者・雑誌「丸」編集部

八機の機関科《エンジニアリング》パイロット

——海軍機関学校五十期の殉国

第一部　若い生命

第一章　消えた七つの星

1

いまから四十数年前に行なわれた太平洋戦争は、その名の通り広大な太平洋海域が舞台となったが、戦闘の主役が水上艦艇から航空機に移ったことから、おびただしい航空機の喪失が記録されている。

太平洋で戦ったのは主として日本とアメリカだが、双方の航空機の損害は最初のうちアメリカ側のほうが多かったが、戦局が攻守ところを変えた昭和十八年ごろから逆転しはじめ、日本側の損害はおびただしいものになった。

戦勝国だけあってアメリカは戦闘の記録がじつによく整理保存されているが、アメリカ側のパイロットによる撃墜報告の一覧表を見ると、こんなにもやられたのかと、暗然とならざるを得ない。

この本の主役ともいうべき八人の海軍機関学校五十期出身パイロットたちは、戦争がそろそろアメリカ側の優勢に変わりはじめた昭和十八年初頭に整備から転じて飛行学生となり、一年後に実戦部隊に配属された。

そして、充分な経験を積まないうちに激戦の渦中に巻き込まれ、昭和十九年十月十二日に開始された台湾沖航空戦における三人を皮切りに、十一月二十七日までの一ヵ月半の間に、七人が戦死してしまった。

航空戦の常として、さらに敗戦国なるがゆえに記録が散逸して――残った記録すらも不正確なものが少なくないが――彼らの最後はあまり明らかでないのが多い。それを少しでも確かめるべく、筆者は仕事上の協力者であるカリフォルニア在住の日系三世ヘンリー境田（Henry Sakaida）氏にアメリカ側の資料をしらべてもらった。

その結果得られたのが、昭和十九年、すなわち一九四四年十月十二日から十一月二十七日にいたるアメリカ陸軍および海軍機による撃墜記録であるが、このおびただしい記録の中にこの七人の飛行機も含まれているものと思われる。

アメリカ側の記録には日付のほか、たとえば「十八時五十五分（一九四四年）ウイリアム・アール・ヘンリー大尉がベティ（一式陸攻のこと）一機撃墜、北緯二十三度〇分、東経百二十二度五十八分の地点」というように、撃墜した時間、場所、撃墜した日本機の機種が撃墜者名とその部隊名（機種がわかる）とともに表示されてあるので、日本側の記録やさまざまな資料などと突き合わせれば、これら七人の最後についての確定はむずかしいものの、ある程度の推測はできる。

この七人の名は、戦死した日付の順にいうと、つぎのようになる。（階級は戦死時のもの）

昭和十九年十月十二日
田口俊一大尉　台南航空隊　零戦
杉野一郎大尉　攻撃七〇八飛行隊　一式陸攻（一式陸上攻撃機）
澤田　衛大尉　攻撃七〇三飛行隊　一式陸攻

昭和十九年十月十五日
竹井改一大尉　攻撃七〇四飛行隊　一式陸攻

昭和十九年十月二十四日
横手高明大尉　戦闘四〇二飛行隊　紫電
蛭澤久也大尉　戦闘三〇八飛行隊　零戦

昭和十九年十一月二十七日
小川　武大尉　攻撃第三飛行隊　彗星

そしてただ一人、銀河に乗っていた宮内賢志大尉だけが奇蹟的に生き残った。

後に詳述するが、アメリカ側の記録によると田口、杉野、澤田の三人が戦死した十月十二日に三百四機、竹井大尉が戦死した十月十五日には百七十六機、蛭澤、横手両大尉が戦死した十月二十四日にはじつに三百二十六機、合わせて八百六機がアメリカ海軍機によって撃墜破（うち撃墜不確実六十九機を含む）されたことになっている。

さらに最後の小川武大尉が戦死した十一月二十七日にはアメリカ陸軍機による十五機の撃墜が記録されているが、うち九機がレイテ島周辺となっているところから、小川大尉機はこのいずれかに該当するものと想像される。

最初に、いずれも二十五歳前後の若い生命を祖国に捧げた彼ら七人の生い立ちやそのプロフィールを紹介しておきたい。（戦死した日付の順）

2

「田口俊一《たぐちしゆんいち》　大正九年八月二十八日生　少佐

本籍　京都市下京区西塩小路石井町八

（台南海軍航空隊司令発、台南空機密第三号の三〇八）

昭和十九年十月十二日〇七二〇台湾に来襲の敵機動部隊邀撃作戦に参加、当隊上空に於て空戦、戦死致候」

本当は「しゅんいち」だが、親戚からは「としかず」さんとよばれていた田口俊一は、京都で生まれたわけではないが、本籍が京都となっているのは父方の縁からである。

田口家は代々京都嵯峨の大覚寺一統の寺侍で、嵯峨に住んでいた。俊一の曽祖父にあたる田口次茂の奥さんは京都の六条家の娘だったが、田口家は男が早死にする家系らしく、一人息子の次一がまだ幼いうちに亡くなってしまった。

京都駅に近い西七条にある尼寺の水薬師寺の庵主（門跡）が次茂の奥さんとは姉妹だった関係から、若い後家とその息子は、何かとこの水薬師寺を頼りにして、次一はほとんどこのお寺で大きくなった。やがて次一は結婚するが、子に恵まれず男の子をもらった。これが田口俊一の父俊介だが、兄弟のいない淋しさをまぎらすため、俊介も尼寺の水薬師寺に入りびたりのようにして育った。

こうして水薬師寺の親戚ということで、田口家の男の子は二代にわたって女たちの中でちやほやされて育ったことになるが、その傾向は俊介が四国今治の士族の娘春子と結婚して長男俊一が生まれたのちもつづいたようだ。しかも親戚には女の子が多かったことから、俊一は親戚中から大事にされて育った。

「おとなしい子で、大柄でのほほんとしていた」と、母春子が語る俊一のおっとりした性格は、こうした育ちと関係があるのかもしれない。

早く両親を亡くした俊介は、大阪に出て中島商会という商事会社につとめ、三菱長崎造船所に鉄板を納入する部門の責任者として結婚早々、長崎市酒屋町に住むことになった。折から第一次大戦中とあって造船が盛んだったから、鉄鋼は好景気で、長崎という派手な土地柄のせいもあり、かなり裕福な生活をしていた。俊一が生まれたのはそんなときだが、やがて戦争も終わり軍縮の時代がやってきて不景気になると、中島商会も長崎出張所をたたんで事業を縮小した。それをしおに大阪に移った俊介は、独立して中国貿易をはじめた。

田口一家が居を構えたのは阪急宝塚線の駅がある豊中で、俊一は小学校も中学校もここから通った。いまは住宅が密集するこの一帯も、当時は松林やすすきの原っぱが広がり、子供たちにとっては格好の遊び場がいっぱいあった。子沢山の時代とあって、子供たちが大勢集まっては探偵ごっこや兵隊ごっこに時を忘れて遊んだが、男兄弟のいない淋しさをまぎらすためか、俊一は友だちを求めて積極的に参加した。しかし、女系家族の中で大事に育てられたせいか、あまり競争心とか闘争心とかいうものを持ち合わせていなかったようだ。

「ロマンチストで、一人、犬をつれて散歩したり、昆虫採集、とくにかぶと虫に夢中になったり、切手を集めてみたり、時代が戦争前の平和なよき時代でしたし、家が何でも望む物が手に入る状況だったためか、手あたりしだいに好きなことに熱中していました。

わき目もふらず勉強するというようなガムシャラなところがなかったので、機関学校に北野中学から一緒に入った今岡さん（潔、昭和十九年六月十九日、空母「大鳳」で戦死）が抜群の成績でクラスのトップでいらっしゃるのに、『へエー、夜中まで勉強するんだって……』と感心していました。機関学校はみなさん猛者ぞろいで、『僕は人を押しのけて行くところがないものね』と、坊ちゃん育ちを嘆いていました」

後に兄と機関学校同期の原正道（福岡市南区在住）と結婚した四歳下の妹和子はそう語るが、機関学校に入っても俊一のマイペースは変わらなかったようだ。

「田口兄は、何というか、ひょうひょうとしていて楽天的で、〝生徒生活を楽しんでいる〟といった感じを受けた。

物事にこだわらず、およそ物事に悩むということは知らずに、彼のペースに周囲のほうが自然に同調していたような気がする。うらやましい性格の持ち主だなと思ったりしたが、そんな感じが彼の『風来坊』というあだ名のゆえんだろう」

期友小山武雄（東京都杉並区在住）の語る機関学校生徒時代の田口俊一像であるが、趣味の広かったことも、俊一の人間形成に欠かせない要素だった。

模型をつくるのが好きで、自分でつくった飛行機や飛行船の模型を部屋の天井いっぱいに吊っていたし、四畳半の彼の部屋は趣味のコレクションであふれていた。この収集癖は海軍に入ってからも変わらず、巡洋艦「古鷹」でニューギニア方面に出動したときも、帰国みやげは珍しい蝶や鳥の標本だった。

模型づくりやコレクションの趣味と並んで、映画も俊一の楽しみの一つだった。

俊一は豊中市の原田小学校から大阪北野中学に進んだが、戦前のこのころはいい洋画がたくさん輸入上映されていた。「格子なき牢獄」「オーケストラの少女」「会議は踊る」などを見につれて行ってもらったと和子は語るが、なかでもドイツ・ウーファー映画「会議は踊る」に俊一は感激したらしく、女優リリアン・ハーベイ扮する手袋屋の売子クリストルが唄う映画の主題歌「ただ一度の機会」は原語で覚え、大きな声でうたっていたという。

歌も好きだったようで、手帳にはドイツ語の歌詞のほか「燦めく星座」「勘太郎月夜」

「愛国の花」などの歌詞が書きつらねてある。海軍に入ってからは宴席で歌う機会が多くなったからか、あるいは自分の心の慰みかはわからないが、海軍中尉田口俊一の名刺の裏に、「旅の夜風と女の心、人にかくれてすすり泣く……」などと歌の文句が書いてある。彼にもまた、思い思われる女性がいたに違いない。

大阪の商人の子弟が多く行く北野中学から俊一が海軍に進んだのは、多分に父と親戚の影響があったようだ。

「ロマンチストの父は若いころ海軍に入りたかったが、背が足りなかったので駄目だったとかいっていた。父は自分が果たせなかった夢を、息子の俊一にという気持があったかもしれない」と和子。

親戚にも軍人が多かったが、一人飛び抜けて格好よかった海軍軍人がいた。母方の伯父粕屋壮一という海軍少将で、大佐でイタリアの駐在武官時代にはかの地の舞踏会で鳴らし、帰国後は練習艦隊の艦長となり、遠洋航海から帰るとオミヤゲをいっぱいくれたりした。そんな伯父に、俊一だけでなく親戚の子供みんながあこがれた。

福井県小浜出身の有名な「佐久間艇長」も親戚すじにあたり、夏休みには田口の子供たちも泊まりがけで小浜の親戚に出かけた。ここには佐久間艇長の銅像があり、この人が一族の中のエラい人と聞かされた俊一の心に、そのころから海軍へのあこがれの心が芽生えたとしてもふしぎではない。

こうして俊一は、北野中学から海軍軍人を目指して機関学校に入るが、佐久間艇長の跡をつぐ潜水艦乗りにはならなかった。

戦争がはじまって、俊一は重巡洋艦「古鷹」で戦場を経験するが、そこで見た潜水艦乗組員の様子は悲惨なものだった。

出撃を終えて母港の横須賀や第一線のカビエンに帰投した潜水艦の乗員のやつれ方はひどく、服は油と汗と垢にまみれて疲れ切っていた。比較的食糧の豊かだった海軍の中でも、体力の消耗が激しい航空部隊や潜水部隊には、とくに栄養の高いものをとらせるよう配慮されていた。しかし、狭く窮窟で空気の汚れた艦内生活が長くつづくと食欲が落ち、せっかく栄養をつけるべく出される肉や脂っこいものには手をつけなくなり、たら子、茶漬、らっきょうのようなものばかり食べたがるようになる。それでいて勤務がきびしいから、食糧はありながら栄養失調になる。

そのまま休暇で帰すのはまずいので、帰港すると各軍港近くの温泉旅館に一週間ほど居つづけさせ、心身ともに回復させてから家に帰したといわれるが、そんな潜水艦乗りを見て、俊一は母に、「僕は潜水艦には乗らない」と語ったという。

それで、彼はフネから降りると飛行機整備に進んだが、飛行機をやるからには飛ばなくてはつまらないと搭乗員の道を選んだ。少年時代、趣味においてもつねに流行の先端を行っていた俊一は、海軍に入ってもそれを貫いて飛行機乗りになった。しかも、もっとも華々しい戦闘機乗りになったのだから、満足この上なかったに違いないが、人と競争することをあまり好まなかった俊一が、闘争心の権化のような戦闘機乗りになったのは、戦争という運命のいたずらといえよう。

彼がその運命を自覚していたかどうか、機関学校三学年時の五十期クラス会誌（昭和十五年）に、俊一は「無我」と題する演説調の文章をのせている。

以下はその一節であるが、後述する四号の失敗談を並べたユーモラスな横手高明の文章とはおよそ対照的な、端正な俊一の顔立ちそのままの内容である。

我々日本人には、何か華々しいことをして死にたいという心持ちが強い。よき敵に対してみたい、自分の全生命を抛って当たるような生き甲斐のある仕事をしてみたいと心に願っている。このことを要約すると、我々日本人は生を貪る盲目的意志に駆られるのではなく、崇高な償値生活に生きたいと願うものだ。（中略）

さらに宗教的な言葉でいえば、霊的内的偉大さが物質的偉大さをはるかに超越するものであることを、我々日本人は先天的に知っていた。（中略）日本人はこのような精神的欲求を持っていたがために、この人生の現実に憚《はばか》らず、じつに微妙な霊的な、さらにわかり易い言葉でいえば良心的な生活を欲していた。それゆえに儒教、仏教の感化、ことに仏教の寂滅観がどれほど日本人の心情に潤いを与えたか知れない。仏教によって日本人が無常観を抱くようになったのではなく、日本人本来の微妙な心情に仏教がしっくり適《かな》ってこれを成長せしめたのである。

同様に、近世わが国に入ったキリスト教の教訓たる、神の愛のため隣人の愛のため世間的事物より解脱した内面生活こそが、じつに最高のものであるということも、やがてわが国民性の本質を培い、成長せしむるに力あるものとなるであろう。そして仏、儒教と同じく、わが国民の内において最高の発達をとげるに至るであろう。（後略）

田口俊一はざっと二千五百字のこの「無我」の中で、形而上的な生き方こそ最上であり、「普通でない行ないによらず、大なる単純素朴さの中に止まって人の目に立たぬようにすること」と述べ、平凡の非凡さを強調している。

それは多分に彼の生い立ちに負うところが大きいが、キリスト教を仏教や儒教と同様に精神的な軌範として認めているのは、仏教的環境で育った彼としては意外という感じもする。それは大正ロマンチズムの影響を強く受け、ハイカラな思想の持ち主だった父母と、小林一三が開いたモダンな住宅地である豊中という土地柄のせいでもあろうか。田口俊一が、この文章に書いた自分の信念そのままに、従容として死地に赴いたのはそれからわずか四年後であった。

3

「杉野《すぎの》一郎《いちろう》　大正八年九月二日生　中佐
本籍　福岡県三池郡銀水村

（第七六二海軍航空隊司令発、七六二空機密第十一号の五〇五）
昭和十九年十月十二日、台湾沖来襲敵機動部隊攻撃の命により直協隊、攻撃隊は鹿屋基地発進、一六二〇攻撃隊は魚釣島上空に到着、一九〇〇敵発見、解散攻撃に移るも其の後消息を絶ち不明、爾後、極力捜索せるも発見するに到らず、四囲の状況より萬生存の見込なきに至れるをもって、昭和十九年十月十二日戦死せるものと認定す」

福岡県三池郡といえば炭鉱で有名なところだが、杉野一郎は、父鶴松、母マツノの長男として生まれた。彼の下には、キミエ、ミサエ、早子、キヨメ、精一（夭折）、末広、笑子とつづき、末っ子の律子にいたる八人の弟妹がいて、それに祖父の梅太郎を入れると総勢十二人の大家族だった。家は農家で、父は養子。だから母のマツノが杉野家を継いだが、祖父も養子だったから代々杉野の家は女系家族だった。そこに生まれた最初の子が男の子だったので、一郎の出生は杉野家にとって大変な喜びだった。

一郎のあと、ほとんど年子のようにして四人の女の子が生まれ、あと男の子が二人つづいたが、次男の精一は五歳のとき中耳炎をこじらせて亡くなり、三男の末広だけが残った。あと笑子、律子と女の子が二人なので、杉野家はよほど男の子に縁のうすい家系であった。

父はやっと授かった男の子一郎を大切にし、月に一度、一郎をつれて学問の神様といわれた太宰府天満宮にお参りに行った。その霊験あらたかだったのかどうか、一郎は小学校のころから成績抜群で、伯母の平塚ヒデによると、「末は博士か大臣かとみんなからいわれた」

ほどによくできた。

「まだ三、四歳の小さいころ、紙とハサミをやると、馬がまぐさを食べているところだとか駈けているところやらを上手に切りました。

隣りは樺島さんというむかしからの庄屋の家で、その人が感心してもらって行き、ごほうびにランドセルを買ってもらったことがありました。

おとなしい子だったので、私がよく同窓会や何かに連れて行きましたが、学校の先生たちまでが可愛いといって腰掛けをすすめてくれました」

伯母ヒデの思い出だが、とにかく器用な子だったらしい。小学校にあがる前に十姉妹《じゅうしまつ》や目白などの小鳥を飼っていたが、鳥カゴは自分でつくり、練りエサも自分でつくって箸で食べさせるというようなこともした。

一郎の家は村でも一軒だけ離れた辺鄙《へんぴ》なところにあったが、「いっちゃん、いっちゃん」と慕われて友だちがよく遊びに来た。そんな一郎は妹たちにもやさしかったが、ただ一人の男兄弟だった末広にはきびしく、「呼ばれれば返事をするが、こちらから『兄しゃん』と呼びかけることはできなかった」（末広）というほどにこわい存在だったらしい。

なにしろ子沢山の上に祖父も含めて十二人の大家族とあって、食事のときは壮観だった。米を炊く釜も一つでは足りず、うどんなども大鍋一杯煮なければ充分でなく、お膳のまわりに並び切れずにうしろのほうで食べる子もいた。そんなところに零細農家とあって、家計は新聞すら講読できないほどに苦しかったから、父は「百姓の子は百姓をしなければ」といって一郎を中学にはやらないつもりだった。

長男だし、下にはまだ幼い子が沢山いたから、とても中学の月謝なんか出せる状況になかったし、父にしてみれば一日も早く一郎に農作業の働き手になって欲しかったのである。ところが、小学校四年から六年まで一郎の担任だった二宮という若い先生が、怜悧《れいり》で勉強のよくできる一郎の才を惜しんでぜひ中学に進学させるように父にすすめ、もし月謝が大変なら自分が出してもいいとまでいってくれた。

この二宮先生の熱意に負け、「月謝ば出してもらわんたちよかば」と、父は一郎を中学にやることにした。

まだ結婚前の若いこの先生は、理想に燃え、よくできる一郎の将来に教育者としての自分の夢を託していたふしがあり、家に呼んでは熱心に勉強を教えた。一郎もこの二宮先生を慕い、尊敬もしていたが、彼が中学二年になったとき亡くなってしまった。

「そのときの兄の落胆ぶりは、いま思い出しても涙がでます。家の中をあっちに行ったりこっちに行ったりして、まるで親を亡くしたかのように口惜しがっていました。そして、自分は精進するんだといって四十九日の間、魚や肉を断ちました。本当にシンの強い兄でした」

「そんなことで、中学に進んでからも、学校から帰ると麦踏みをしたり、田んぼの手伝いをしたりしておそくまで働いていたので、近所の人たちが、『一郎しゃん、あげん百姓の加勢ばさっしゃって、いつのうち勉強しおらっしゃるんかね』とふしぎがっていました」

「中学に入ったときは、二百五十人中八十番でした。そんな成績ではといわれて発憤した兄は、猛勉強をしていっぺんに二番に上がりました、家には座り机しかなく、長時間座っているると足が痛くなるので、机の脚に竹の棒をつぎ足し、リンゴ箱を椅子にして勉強していました。とにかく兄は、兄弟中のチエを一人占めしたようでした」

妹たちがこもごも語る杉野一郎像であるが、わずかな小遣銭も妹たちに分けあたえるやさしい兄の姿には、まるで当時の修身の教科書にのっていた二宮尊徳を彷彿させるものがあった。しかし、決してコチコチの石部金吉であったわけではなく、ニキビ面の中学四、五年ともなると、だれがどの女学生を好いているとかいう話を友だちと交わしては、ひそかに胸をときめかせていた。たまたま杉野が好きだった女学生が美人で、写真館のウィンドーに写真のサンプルとして飾ってあったのを、下級生に命じて盗んで来させたりしたこともあった。もとよりだれが盗んだかはすぐわかったが、生徒さんのすることじゃからと、そのようないたずらも大目に見てくれるよき時代でもあった。

一郎はだれとも分けへだてなく親しくしたが、元市長の息子だった田中秀夫とはとくに仲がよく、中学四年から一高、東大に進んだこの親友の影響か、一郎も一高進学を目指して三年ごろから猛勉強をはじめた。そして田中の後を追って一高の試験を受けるべく、昭和十二年はじめ、準備をととのえて父に旅費を出してくれるよう頼んだ。しかし、中学にやるのさえ精一杯だった父に、このうえもっと金のかかる高等学校に息子をやる余裕はなかった。

一郎は東京に受験に行くにはこれが最後の列車だという時間までねばって父親と交渉したが、父鶴松はついに首を縦に振らなかった。もう汽車の時間に間に合わないと知ったとき、おとなしい一郎も地団駄を踏んで口惜しがった。

こうして一郎は中学を卒業したが、彼は進学をあきらめなかった。親が金を出してくれないなら、金のかからない軍関係の学校をと、彼は海軍機関学校に照準を定め、浪人生活の一歩を踏み出した。このときのことを一郎は、のちに機関学校三学年のときの五十期クラス会誌（昭和十五年）に「浪人」と題して〝彼〟という三人称を用いて書いている。

受験勉強のために重くなった頭を霽《は》（晴）らさんため、彼は夕ぐれの畔《あぜ》道を赤い夕日のかたむきて茜《あかね》さしたる空の一点を見つめるがごとく、また何も見ざるがごとく（心を空にして）とぼとぼ足にまかせて歩いていた。そのときは宇宙全体が空に見えた。

彼は五年のとき試験に落ちて、お定まりの浪人の道をいま歩いていた。三ヵ月前と同じ参考書をふたたびめくっているのが、いまの彼の生活の全部である。つまり六月に入って間もない新緑の初夏で、午後三時ごろより一気に四時間ぶっつづけで勉強し、頭を上げたのが夕方であった。刺激にかられて一気に感激してしまって、無理を無理とも思わぬのが彼の性分でもあったが、そのもとは今日の午前中見た映画だった。

それは「愛国六人娘」というやつで、中尉の海軍青年士官を主題とするもの。世にいう海の荒鷲としての勇ましき彼の活躍。それを故郷にて亡き父の霊前に告げる母親。陰でそっと涙して喜ぶ幼なじみの光子という娘。彼はいま、空を凝視しているそのおなじ姿で映画にひきつけられていた。

そんなことを思いながら一時立ち止まっていたが、ぼんやりして歩き出した。しかし、いつの間にかまた立ち止まっている。彼は今理想を描き、夢を見ているのだ。頭の中は若い血でもえている。虚にして実であり、静にして動である。自分の憧れの海が、のたりのたりと波巻き、光る銀翼に日の丸の荒鷲が空を翔ける夢。勇ましさと美しさが幻と音律で夢の花をつくるよう。

燃えたつ血汐よ　からくれないに

今日ぞ輝く　護国の御旗

銀の翼に色どりて

いざ征け若人　我等の戦士

愛国の娘が声高らかにうたった歌が、いまも耳の底から聞こえてくるよう、彼の感激は安っぽいものから得たといえるかもしれない。が、感激そのものは高い高い熱き血であった。そうだ、あの海が、あの空が、わが目指すべきなつかしの故里だ。

夕日は美しく沈んで行く。今日を満足に終えてこの上なく誇らし気に。輝かしい明日を予期して、ちょうどこの浪人のように。

常に朝ありて希望の光は輝き出づ。喜びの光がさして彼が感激に活気を与う。この森厳な美しい大和の国は明日を予期して暮れて行く。明日の光は、八紘を順々に照らして行く。日出づるの国より。この瞬間、彼は我を発見したのだ。我にあらざる我を。人はこれを称して大我といったかも知れぬ。して、彼は腰に短剣を吊ったつもりで悠々と、大股にすたすたとやみの中に歩いて行った。

昼間見た映画の主人公である青年海軍士官の姿に自分を重ね合わせ、感激に酔った勢いで一気に四時間も勉強してしまった〝彼〟杉野一郎の姿が何ともいじらしいが、現代においても杉野の感じたこととときわめて酷似した歌詞があるのにおどろく。

明日の光をからだに浴びて
語りつくせぬ青春の日々
風に吹かれても　雨に打たれても
信じた愛に背を向けるな――

よく結婚式などにうたわれる有名な長淵剛の作詞作曲「乾杯」の一節であるが、思うに杉野一郎は大変なロマンスチストであったに違いない。だが、やがて彼はこの感激から醒め、浪人という昔も今も変わらない憂鬱な現実に引きもどされることになる。それをかれは前出の文章につづいて書いている。

大気はどんより淀み、生暖かい風すらも吹いてくれない。そのうえ頭からは太陽が照りつけ、ジッと汗ばんだ熱い玉が目の上にころりと落ちてくる。「ジーワンージーワンー」の春蟬の声もけだるく、車引く牛も埃まみれで、だらりだらりと歩いて行く。麦も黄金色にふくらんで、「そよ」とも動かない。すべての活動はやみ、暑さのためにだまり込んでいる。

ザクリザクリと威勢のいい音が陽をいっぱい受けた田圃《たんぼ》の中から聞こえ、道行く人を驚かせた。それは浪人の彼が黙々と田を耕しているのだった。勉強の合間合間には暇を見つけて働く姿だったが、彼が体を休めて腰を伸ばしているとき、傍らの道をこの春まで一緒に遊んだ中学生が四、五人連れで通るのを見送ることもあった。見馴れた女学生たちが声高らかに過ぎても行った。そのあとから弁当袋を振りまわしながら、小学生が楽しそうに通りすぎて行く。何だか自分一人がはぐれた、世間尋常の人間ではないように思われて、もう学生生活からは見放されたような気がした。

「アーアッ」と腕を出してさすって見たが、出した手を引き込めるところがない。使い道がなくてさびしく大きな手が、土まみれになって残った。「コン畜生」と小さな土塊を地面に叩きつけたが、砕けただけで、あとは寂として何事もなかった。

そのとき、彼は知らなかった。空明の中より、「浪人よ、汝は大きく育て。大きな大道を歩け。よく働き自分の道に進め。それが本分だ。結果は問題ではない。正なるか、ならざるかなり。汝よ大きく育て」と神様が教えていたことを。

一郎は、母の血をうけついで非常に頭がよかった。しかし、彼は口先だけの、頭でっかちの青白き秀才ではなかった。この文中にもあるように、勉強の合間には田畑に出て懸命に働いた。農作業が忙しいときには、朝から晩まで働きづめのこともあった。彼は自分でも「ただ土のようになって働き、土のようになることを喜んだ。大にして、また凡なる土に」とも書いているが、単に家のため父の手助けをするという義務感からではなく、本当に土を愛したがゆえにこうして田畑に立ったのである。

若者たちがとかく学校を出ると、体を動かして働くことを欲せず、まして土まみれになって働く者を軽蔑する風潮があるのを彼は悲しんだ。こうして農作業に精を出す彼を見て村人たちは、「若いのに感心だ」とこの秀才をほめた。

農作業から帰ると、一郎は疲れも見せずに勉強にかかった。「大きな声で、英語の発音を何度も何度もくり返していた。それはおそろしい感じがするほどだった」と、十歳違いの弟の末広は語っているが、決してガリ勉をしていたわけではなかった。友だちがたずねてくると、下駄をつっかけて外に出て、よく歌をうたいながら歩いた。彼が好きだったのは、「七つ転んで八つ起きて、花を咲かせる身じゃないか」（七転び八起き）、「泣くな妹よ、妹よ泣くな、泣けばおさない二人して……」（人生の並木道）など、彼の境遇そのものといった歌が多かった。

昭和十二年七月、一郎の機関学校受験の一ヵ月前に末の妹律子が生まれた。鶴松、マツノ夫妻にとっては九人目、長子の一郎とは十八違いだが、子供が多かった当時としてはそう珍しいことではない。しかし、子供がふえることはそれだけ生活が苦しくなるとあって、父は〃よこれもん〃（余分なものという意味）といって顔をしかめた。それを聞いた一郎は父に、「生まれてくる者に余計な者はおらん」と怒っていった。「泣くな妹よ、妹よ泣くな……」とうたった彼の気持が、わかるような気がする。

士官搭乗員の不足を補うべく、海軍機関学校50期生から選ばれた８人のパイロットたち——左より蛭澤久也、横手高明、杉野一郎、宮内賢志、田口俊一、澤田衛、竹井改一、小川武。霞ヶ浦航空隊の本部庁舎前にて

ラグビー部Ａチーム。前右より田口俊一、岩崎寛、渡辺龍生、杉町正伸、久保庭保明。後列右より小川毅一郎、原正道、中嶋忠博、辻村政雄、武富温興教官、木原通信、竹井改一、横手高明、中村治之

戦闘機乗りの道を歩み、8人のパイロットの中ではいちばん最初に飛行隊長（兼教官。台南航空隊）となった田口俊一大尉。背後は零戦21型

機関学校を卒業、遠洋航海をおえた田口は、重巡「古鷹」乗り組みとして戦争に突入、きびしい艦隊勤務ののちに、整備員から搭乗員を志した。写真は霞ヶ浦航空隊当時の田口中尉

少年時代の田口。経済的にもめぐまれ、女性ばかりの中でおっとりと育った。模型や映画など多趣味だった

杉野一郎大尉と上津原姉妹。右がフィアンセのツヤ子。士官たちの羨望の的だったが、死と隣り合わせの搭乗員にとって、切ない逢瀬であった

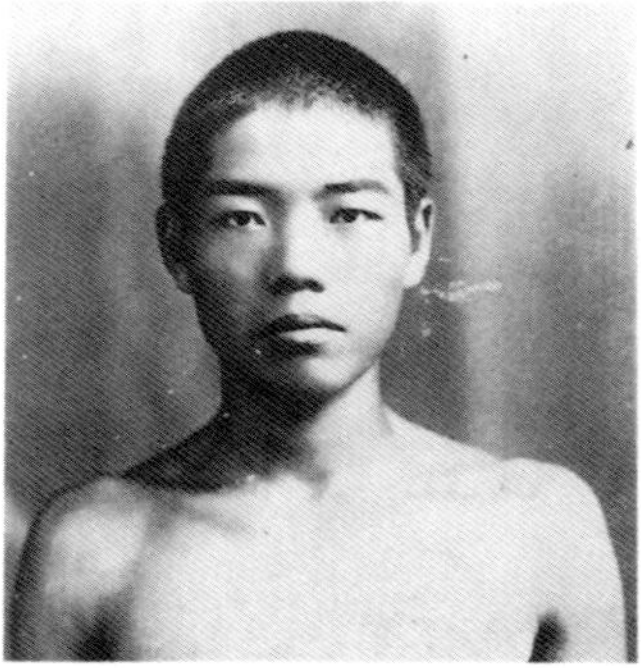

9人兄弟、農家の長男として生まれた杉野は、一高受験をあきらめて農作業のかたわら猛勉強にいどみ、海軍機関学校に進んだ。写真上は受験用の上半身裸のもの。左は少尉に任官したばかりの頃であるが、昭和13年4月に入校した50期生たちは、16年11月に任官した

澤田衛は幼少の頃（下）から器用で、音楽好き、機械好きだった。運動はあまり得意でなかったが、桃山中学時代（上）は一番でずっと級長だった

第39期飛行学生として、霞ヶ浦航空隊で８ヵ月間を過ごした頃の澤田衛中尉

陸攻搭乗員となった杉野、澤田、竹井らが実用機教程訓練をうけた台湾新竹航空隊の九六陸攻の編隊

セレベス島に生まれた竹井改一は、少年時代(左)をジャワ島ジャカルタで過ごした。昭和３年に帰国。中学は東京の私立本郷中学に通った(右)

昭和16年3月25日、機関学校の卒業式を迎えた竹井改一。父母と共に。10人兄弟姉妹、貿易を生業とする父十郎、母小竹の長男として生をうけた竹井は、手足が長く、短胴足長の日本人ばなれした体型であった。のち一式陸攻に第26航戦司令官有馬正文少将を乗せて出撃、未帰還となる

横手高明大尉。霞ヶ浦を卒業して戦闘機専修となり、大分空の実用機教程、厚木空をへた昭和19年３月、大尉に進級。345空から341空戦闘402飛行隊分隊長として「紫電」に搭乗した

九三中練機上の横手高明中尉――学生同士の互乗飛行の際の後席からの写真。戦艦「日向」乗り組み、第31期整備学生をへた飛行学生、霞空当時

昭和５年に米国カリフォルニア州から一家で引き揚げてきた当時の横手少年。当然のことながら、英語はペラペラで、軍人になってからも、横手の日本語には英語なまりがあった

戦闘機に進んだ田口、横手、蛭澤らが大分空の実用機教程で最初に乗った九六式練習戦闘機。九六艦戦を複座としたもの

大分空から厚木空付をへ、零戦乗りとして221空戦闘407飛行隊の分隊長から飛行隊長となる蛭澤久也大尉には、苛烈なる空戦の日々がまちうけていた。右の写真は中尉の頃。右下は冬服姿の機関学校生徒時代。ハンサムな蛭澤は冬外套がよく似合った

上野中学当時の蛭澤。幼くして母を亡くし、口数の少ない勉強家だった

少年時代の小川武(左写真の左側)。横浜生まれ、３人兄弟の末っ子。当時としてはモダンな服を着ている。右は彗星艦爆乗りとなった小川大尉

県立横浜二中の頃の小川武。音楽好き。家族や横浜への思いは特別なものがあったことが、日記や手紙にしのばれる

艦爆専修となり、宮内賢志と共に宇佐航空隊で実用機教程の訓練にはげむ小川武中尉。やがて小川は大尉に進級、攻撃第３飛行隊分隊長となる

しかし、十歳下ではあるがただ一人残った男兄弟の末広に対しては、自分が海軍軍人になったときの後事を託すという意味あいもあってか、ことのほかきびしく接したようだ。
「兄は、私から見てとてつもなく偉大な存在でした。じっと目を見つめられると、心の底まで見透かされるような気がして、なるべく兄とは目を合わさないようにした」（末広）
そんな兄の一郎は軍人になり台湾沖航空戦の前に一時帰省したとき、一緒に歩きながら、「俺はもう帰らんかも知れんから後を頼む」と幼い弟に後事を託している。

農業をしながら受験勉強という、ふつうの人には真似のできないことをやって、昭和十二年の八月に海軍機関学校を受験し、十月に合格通知を受けた。最初にその電報を受けたのはまだ七歳だった弟の末広で、当の一郎は外出していなかった。
三番目の妹早子によると、この日夕方おそく帰って来た一郎は、合格を知ると、「酒が一番、砂糖が二番目に好きというなら、俺は砂糖にありついた」といって喜んだという。つまり一郎にしてみれば本当に欲しかったのは酒、一高入学であり、それから大学に進むことであった。だから酒にありつけなかったことで、海機合格の喜びもほどほどということだったらしいが、それでもちょうど受験前後のこの年の夏に見た映画「愛国六人娘」で、海軍士官への夢をかき立てられていたことからすれば本望だったかも知れない。そして、六年後の昭和十八年には第三十九期飛行学生となり、映画の主人公そのままに海軍中尉の飛行機パイロットとなった。そのうえ美しいフィアンセもできて、彼は描いた夢どおりの道を進むが、ときあたかも戦争は苛烈さを増し、それから一年後に空で戦死してしまった。
弟への「後を頼む」の一言とフィアンセを残して……。

4

「澤田衛《さわだまもる》　大正九年十二月二十六日生　少佐
本籍　京都府久世郡宇治町
（第七六二海軍航空隊司令発、七六二空機密第十一号の四五八）
昭和十九年十月十二日、台湾東方海面に来襲せる敵機動部隊攻撃のため宮崎基地発進、一九〇〇敵主力発見、敵夜戦の襲撃と防御砲火を冒し、雷撃終了せるも被弾の為火災を生じ自爆を決意、空母群に体当たり敢行戦死す」

澤田の家は父弘と母さとの間に豊《みのる》（長男）、幸江（長女）、衛（次男）、和子（次女、綾戸）、三枝（三女、増田）、壑《おさむ》（三男）の三男三女、六人兄弟だった。長女幸江によると、「早く死ぬ子だからだったかも知れないが、およそ息子とは似ても似つかぬ洒脱な性格の母は、衛を特別に可愛がった」という。
五歳上の長女幸江は、亡き弟衛の生涯を短歌にしたためてあるが、その一部を引用しながら衛の生い立ちを追ってみよう。

（命名）

とこしえに　すめらみくにを衛《まも》れよと　名づけ給いしその名忘れそ

衛《まもる》の名は、父が国を守るりっぱな男の子に成長して欲しいと願ってつけたもので、生まれたときから軍人となるべき使命を負っていたことになる。

（成育）

赤き頬　小さき顔よと手をふるる　幼き姉を母たしなめぬ

機関学校同期で中学では一年先輩の小泉保太郎（京都市南区在住）にいわせると、「いわゆるやさ型の好男子で、彼が飛行機乗りか？　と一瞬奇異に感じさせるほど」だった衛は、赤ん坊のころから可愛かったらしく、まだ幼かった姉幸江は、何かにつけて弟の顔に手を触れては母にたしなめられた。

（双葉）

機関車に　ラッセル如何にと雪の日も　あかず汽車みる子にてありしか

長浜にあった家のすぐ裏手が鉄道の操車場になっていて、鉄道が好きだった衛は四、五歳のころから機関車や客車などが連結する様子を飽かず見つめていた。家に帰ると畳に寝そべってその様子を綿密に描いた。

北陸に通じる長浜駅には、冬になると除雪のためのラッセル車が配備された。雪が降り出すと機関車の前にラッセル車を連結するので、衛はそれを見に出かけた。降りしきる雪をものともせず、じっと目をこらす幼い衛のため、父が鉄道敷地の境界の杭に傘をしばりつけてやったこともあった。機械好きで几帳面なエンジニア気質は、このころからすでに芽生えていたようだ。

（長浜小学校に入学）

かはりたる　子にてあるよと師の君は　いぶかしげにも首かたげます

変わった子だった。小学校に入る前、幼稚園に入れてもらったが、三日ほどしたらいやだといってやめてしまった。人と一緒に踊ったりするのが嫌いだったからだ。しかし、義務教育である小学校はいやだといって休ませるわけにはいかない。みんなで遊戯をしようと先生がいっても仲間に入ろうとしない衛を、先生は、「ほっときましょう」といって寛大に見まもってくれた。衛はみんなの中には入らないが、人がやるのを見てニコニコしていた。理解ある先生のおかげで、衛は登校拒否症にならずにすんだ。

一、二年生のときは泣き虫の甘ったれで、成績もそれほどいいということはなかった。父は三年くらいまではそっとしておく方針だったが、その三年生になったあたりから目に見えて成績がよくなり、しっかりした子に変わった。しかし、勉強はよくできたものの体が弱く体育が駄目だった。ところが、小学校六年生のとき全甲になった。体育がよくなかった衛に甲をあたえたのは、澤田の努力を買ったと担任の先生がいった。教師を〝聖職〟と考えていた当時でも、こんな先生はまれだった。衛はいい先生に恵まれたといえよう。

警察署長だった父の勤務地の関係で、家は転々としたが、長浜から茶どころで有名な京都の宇治に移った年に桃山中学に入った。桃山中学はその優雅な校名とは裏腹に軍人志望、とくに陸軍士官学校にたくさん合格することで有名な学校だったが、硬派の連中とは一線を画し、音楽の好きな衛は音楽部に属した。

（音楽）

姉弟合作せんと　こしおれに　作曲なして共に笑いぬ

耳がよく音感がすぐれていた衛は、作曲が得意で、姉にせがんで歌詞をつくってもらっては、それに曲をつけた。唄ってみると、何となくぎこちない。おかしな歌だなあと二人で笑い合った。「こしおれ」は腰折れ、へたな歌あるいは自作の歌を謙遜していう言葉である。

音楽はクラシックを多く聞いていたが、「敷島艦行進曲」というマーチが大好きで、しょっちゅう口笛でメロディーを吹いていた。まだ幼かった末っ子の瑆は、それが何の曲か知らなかったが、戦後、放送関係の仕事（近畿放送）につくようになって、仕事上、関係のあるレコード室のマーチを全部さがしてその曲名がわかったという。

（首席）

おのが過去に　おくるるなかれと御父は　今宵の盃重ねましける

これは衛が中学で一番になったときのことである。桃中では生徒に封筒の宛名を書かせ、それに成績通知表を入れて親に直送するシステムをとっていたが、学校から送られて来た通知表で衛が一番になったことを知った父は、その夜、満足気に盃を重ねながら、自分を超えろと息子にいい聞かせた。

からだが弱く、運動はあまり得意ではなかったが、勉強ができて人望があった衛は、級友からつねに一目置かれ、級長選挙ではいつも満場一致で推された。

父の影響で正義感の強かった衛は、あるときケンカをしていた友だち二人の中に割って入り、気に入らないことがあるなら俺をなぐれといった。二人ともからだが大きく、本当になぐられたら非力な衛はひとたまりもなかったが、その気迫に押されてか二人はケンカをやめた。たまたまその一部始終を目撃していた父に、「お前、本当になぐられたらどうするつもりだった？」と帰ってから冷やかされた。

（立志）

御父の　みたまを継ぎて海護る　道歩まんと神に誓いし

警察署長だった父は、若いころ海軍にあこがれたことがあった。豪傑肌で激しい気性だったから軍人が向いていたが、志を達せず警察官になった。つねづねそれを聞かされていた衛は、父に海軍に行くことを誓った。

数学が得意で機械好きだった衛は、兵学校、機関学校、経理学校とある海軍三校の中でも機関学校を目指し、昭和十一年に中学四年から受験した。

試験は七月末に行なわれたが、衛は不合格となった。それも学術試験に先立って行なわれた体格検査で落ちた（胸囲不足）のだから衛の失意は大きく、後に、「僕はそれ以来約三ヵ月間、まったく希望なしの状態で暮らした」と当時の心境を告白している。

秋の訪れとともにようやく打撃から立ち直った衛は、思い直して高等商船学校に目標を変え、海機受験の失敗にこりて勉強だけでなく身体の鍛練にも努めたが、昭和十二年元旦、休暇で帰省した海兵や海機の先輩の話から気が変わり、ふたたび機関学校に目標を定めた。

今度は五年からの受験でこれがふつうなのだが、万全を期した衛は、受験指導の欧文社（現在の旺文社）の会員となって学力をつけるとともに、彼にいわせれば、「今年は浪人にならぬようにとの戦略的観点（？）から海兵もあわせて志願」することにしたのである。

そして、運命の八月二十二日の海機入試の初日、もっとも恐れていた体格検査に合格、中一日おいてはじまった学術試験にも最後まで残り、あとは合格を待つだけとなった。


（海機合格、昭和十二年十月十七日）

合格の電報　神に供しつつ　ハーモニカの音ひびきわたるも

音楽の好きだった衛は、当時もっとも手軽な楽器だったハーモニカをよく吹いたが、「カイキゴウカク・イインテウ」（海機合格委員長）の電報を受け取ったその日は、ひときわハーモニカを吹き鳴らし、その喜びは姉の胸にもずんと伝わった。なお、イインテウ（委員長＝生徒採用試験委員長のこと）はむかしの仮名づかいで、今流に直せばイインチョウになる。

合格決定から入校まで約五ヵ月あるが、この間にその喜びを「海軍機関学校を突破して――志願より合格まで」と題し、欧文社の受験雑誌「受験旬報」に寄稿している。

「私は昭和十三年度機関学校生徒採用試験を受験し、僥倖にも合格の栄冠を得て喜びの絶頂にあり、かつこれまで懇切なる指導を受けた欧文社の諸先生に対し、深甚の感謝を捧げている者である。以下、本年三月あるいはそれ以後の受験生一般の方々のために拙い体験文を記することにするが、これが受験生の方々に何等かの益ともなればこんな嬉しいことはない――」

冒頭の一節で、このあと細々とした経緯が書かれているが、投稿のペンネーム「M・S海軍機関総監」（海軍機関科将校の最高の地位）が示しているように、後進への参考というよりは文中に告白している「歓びの絶頂にある」自分の胸のうちをこんなかたちで明かさずにはいられなかったのではあるまいか。

（休暇帰宅）

幼子《おさなご》と　首つきあわせ軍艦《ふね》作り　観艦式ぞと日毎増しゆく

幼ないときから器用だった。小学校の教員になった姉の幸江が、学校での劇の出しものに旅順港閉塞の「広瀬中佐」を選んだことがあったが、広瀬中佐や杉野兵曹長の身につける軍装品一切を衛がつくった。短剣などはもちろん、木を削って色を塗ったり布を張ったりしたものだが、この短剣だけでなく襟章などもまるで本物のようなできばえだったという。

海が好きだった衛は、よく軍艦の模型をつくった。いまのように簡単につくれるプラモデルなどなかったから、材料はすべて紙で、画用紙をハサミで切ってノリで貼るという面倒な作業だった。しかし、砲身などはマッチ棒か何かに紙を巻いて抜き取るという方法で、ちゃんと孔があいており、煙突やマストなども細かいところまでごまかさずに仕上げた。

この模型は単なる置物ではなく、紙の上にローソクを溶かしたものを薄く塗って水に浮かべても浸水しないようにしてあった。

この軍艦づくりに熱中した衛は、機関学校に入ってからも休暇で帰ると小学生だった弟の塁を相手に模型をつくりつづけた結果、下に置き切れなくなって天井から糸で吊った。前に駆逐艦、それから巡洋艦、戦艦などを配したその様子は、まるで空飛ぶ連合艦隊であった。

この点では飛行機や飛行船づくりに熱中した田口俊一に似ているが、こうした物事に熱中する人の通例として、田口同様、澤田衛も思考や関心がとかく偏りがちで、柔軟さに欠けるおそれがあった。

衛の友だちに、三高から京大に進んだ角野《すみの》正夫という秀才がいたが、角野は衛のそうした傾向を心配して、「君の手紙を読むと非常な力強さを感じるけれども、視野が狭い。一つの方向だけを見るのではなく、もっと幅をひろげなければ駄目だ」と衛に書き送っている。

衛が角野のアドバイスを受け入れて、いろいろな本を読むようになり、とくに宗教的なものに関心を抱くようになったのは、卒業後、飛行機乗りになって死に直面するようになってからだった。

夢ぬちに（のうちに）　過ぎし幾日のなつかしく　一人わびしくレコードを聞く楽しかった休暇もまたたく間に過ぎ、衛はさっそうと機関学校に帰って行った。

（帰校）

「大事な男の子だからと家のことは何もさせなかったので、日常の生活訓練にはうといほうでしたから、ずいぶん叩かれたようでした。もし徴兵で陸軍にでも行っていたら、しょっ中なぐられていつまでも上等兵になれないのでは、といつも母がいっていました」

学校で上級生から鉄拳制裁を受けたことについて、よほど腹にすえかねたらしく、「僕が上級生になったら絶対に叩かない」と憤慨して語った弟が不憫で、帰ったあと弟が好きでよく聞いたレコードをかけてはその面影をしのぶ姉であった。

（門出）

老いませる　母泣かすなとそ（っ）と告げて　笑みてぞ行きしわが弟は

（面会謝絶）

わが心　乱るるを恐れ父母に　もはや会わじと記ししそのふみ

機関学校を卒業後、航空整備学生を経て搭乗員の道に進んだ衛は、陸上攻撃機の搭乗員となり、第一線に向かう前に家に立ち寄ったことがあった。このころすでに連合軍の圧倒的な攻勢の前に日本軍の消耗は激しく、ことに図体が大きくて被弾しやすかった陸上攻撃機の被害が目立ったので、出撃すれば生還の望みはきわめて薄かった。

「帰るとき玄関を出ようとしてちょっと振り返り、『もし遺骨が帰って来ても、お母さんを泣かさないようにお願い』といいました。私はそれほど深刻に受けとめず、わかった、わかったといっただけでした。与謝野晶子は『君死に給うなかれ』といったのにと思うと、あとで可哀そうなことをしたとの思いもありました」

昭和十九年十月、衛は攻撃七〇三飛行隊（一式陸上攻撃機）分隊長として宮崎基地にいた。彼の同期のパイロットたちのほとんどが戦死した台湾沖航空戦の少し前のことで、部隊は刻々迫る敵機動部隊の攻撃に備えて訓練に明け暮れていた。

衛は、ここから出撃前の最後の便りを家に書き送っているが、その中で父母に、「心が乱れるから手紙もこれきり出さないし、面会にも来てくれるな」と書いて覚悟のほどを伝えている。文科に進んだ友人が、視野が狭くなるのを恐れたほどに軍人に徹し、軍人精神の権化のようだった衛にしても、生還の望みのうすい出撃前にあっては肉親への思い絶ち難いものがあったのであろうか。

この手紙を書いて間もない十月十二日、九州各基地から発進した他の航空部隊とともに衛の陸攻隊も、台湾沖の敵機動部隊を攻撃した。そして七六二空司令の報告にもあるように、被弾した衛の一式陸攻は、火焔を吐きながら機首をめぐらして敵空母に体当たりした。

敵味方　差し違えてぞ散り果てし　いくさの掟は悲しかりけり
（最後）

姉の最後の一首は痛切である。

衛はただ一人の弟、十歳違いの墾《おさむ》を可愛がり、オレにつづけといってよく海軍の話を聞かせた。

「兄から魚雷発射の話を聞いたことがありました。私は飛行機から魚雷を落とすなんて知らなかったからびっくりした。発射の体勢に入ったときが一番狙われやすいが、避けるわけにはいかないといっていたが、そのとおりにして死んだんだなと思いました」（墾）

兄への思いを絶ち難い墾は、長男を兄と同じ護《まもる》と名づけた。その長男は京都大学工学部からエンジニアの道に進んだ。それはもし平和な世であったなら、偉大な伯父が歩んだであろうそれと同じ道であった。

5

「竹井《たけい》改一《かいいち》　大正九年三月二十三日生　少佐
本籍　東京都赤坂区氷川町十四
（第七六一海軍航空隊司令発、七六一空機密第三号の八〇五）
昭和十九年十月十五日、敵機動部隊攻撃の為クラーク基地発進後未帰還」

竹井はこの日、第二次攻撃隊の指揮官として第二十六航空戦隊司令官有馬正文少将を乗せた一番機で出撃し、未帰還となった。有馬少将はかねがね特攻攻撃を示唆していたところから覚悟の戦死とされ、のちに〝司令官特攻〟などといわれたが、〝司令官を乗せて飛んだ竹井については ほとんど語られていない。

竹井改一は今のインドネシア・セレベス島のマカッサルで生まれた。彼の父竹井十郎は貿易の仕事で戦前オランダの植民地だったインドネシアに渡り、ジャワ島のジャカルタの生活がもっとも長かったが、改一は父と、この生まれ育ったインドネシアでの生活の影響を強く受けていたようだ。

戦前の日本は子沢山が当たり前だったが、竹井家には当時の平均より少々多い十人の子供がいた。長女南海子につぐ二番目の子として改一が生まれた翌日、長男を得た喜びとその息子に託する思いを、父は日記につぎのように書いている。

「大正九年三月二十四日　晴

改一と命名した。

本年の世界的流行語である改造、実際に世界をあげて改造の必要に迫られている。（第一次世界）大戦後、平和第一年の本年に、世界的な一般人類の恩恵に大変化を来たさねば止まぬ風潮を表現している。

かかる時、我は汝に、改造の大偉人たらむ事を望むと同時に、我もまた不惑にして初めて嫡子をもうけ、自己の思想上にも大いに改造の要がある。その改造の意義を包含するの意味で、すなわち改一と名づけるのである。願わくは汝、我がこの希望をして名実ともに全からしめむことを」

こうして父十郎は長男には重い意味を込めて命名したが、他の子供たちの名前にはそれほど執着していない。

長女の南海子は南方の島で生まれたところからそう名づけたものだが、子供もだんだんふえると名前をつけるのも難しくなる。次女タカ（現姓田中）はいいとしても、三女須椰子はスラバヤ生まれであるところからス（須）とヤ（椰）に子をつけ、十二月十四日生まれの四女は十四の「トシ」に自分が競馬好きだったところから駿馬の〝駿〟の意味を引っかけて駿《とし》子《こ》、夏至に生まれた三男は〝夏〟に自分の名を一字加えて夏郎、四男が季夫、五女は十九日生まれだからと十九子と、下のほうになるにつれて次第に行き当たりばったりになり、十人目の一番下の五男にいたってはこれで終わりという意味をこめて修《おさむ》と名づけた。

こうして見ると、父十郎は命名からして長男の改一に大きな期待を寄せていたことが分かるが、十郎の生活や行動を見るときわめてストイックな正義漢であり、後の改一の自他ともにきびしい生真面目さと共通するところがある。

現地で成功するには、その土地の人間を知らなければと考えた十郎は、インドネシアの人たちと、肌でつき合い、彼らの文化を研究しているうちに、彼らが本当に好きになった。おのずと現地の若者たちとの交流が深まったが、このことからオランダ政府に睨まれるようになった。

当時、インドネシアでは若者たちが中心となって植民地支配から脱却すべく独立運動が盛んだったので、十郎の行動はそれを煽動していると見なされたのである。

その結果オランダ政府に追放され、昭和三年に日本に帰ったが、現地の人たちへの愛情絶ち難い十郎は日蘭商会をつくり、南方圏研究会をつくって「南方情勢」という雑誌を出し、東南アジアやインドネシアなど南方圏の諸地域に対する日本国民の関心をプロモートした。

「父は心からインドネシアの人たちを愛していました。あちらからの留学生の面倒を見るため、近くに二階家を一軒借り、知り合いの夫婦を管理人に置いて世話させるなど、自分は貧乏してても人の世話はよくしました」

改一のすぐ下の妹田中タカは父十郎についてそう語っているが、子供たちにとっては大変に厳格な父親だったらしい。

「小さいときから、父の笑った顔をほとんど見たことがありませんでした。もっとも小さいときはとても可愛がってくれて、よく膝に抱き上げながら食事をしていましたが、物心がつくようになると離れていき、父にはお客様が見えましたとか、ごはんですとかいいに行く程度でした。

デパートなんかに行くと、一番たかいものを買ってくれました。とにかく値段のたかいものならいいと思っていたようで、私たちは多少安くても自分の気に入ったものが欲しかったのですが、父がこれにしなさいといえば、こっちがいいとはいえませんでした。

どうも、威厳がありすぎて近寄り難く、愛情はいっぱいなのに、その表現がへたな父でした」

三女のスラバヤ生まれ竹井須椰子の語る父親像であるが、その硬骨ぶりは外に対してもいかんなく発揮された。太平洋戦争がはじまって十郎の南方での経験が重用され、外務省の嘱託となり、十郎の判がなければ南方に行けないという時期があったが、ひと儲けをたくらんでやって来た人に、そんな奴が行くからジャワが悪くなるんだと怒鳴りつけ、追い返したこともあったという。

オランダ政府によってインドネシアから追放された十郎一家は東京に移り、中野を皮切りに京橋、赤坂、霊南坂、氷川町と四度転居したが、中央官庁街に近い氷川町の生活がもっとも長く、改一は小学校も氷川小学校に通った。外地にいて途中から日本の小学校に変わったため、英語はよくできたが(小学校の成績には関係ない)ほかの勉強が追いつかず、中学進学には苦労した。

府立六中と芝中を落ちた改一は公立をあきらめ、私立本郷中学に入った。赤坂の家からはかなり遠いが、学校まで自転車で通った。長女南海子は、次男とともにジャワで風土病にかかって死んだが、まだ改一を頭に八人の子供がいる母小竹はその世話が大変だったので、朝が早い改一は、味噌汁を自分でつくるなどして極力、母に世話をかけまいとするやさしい子であった。

日本に帰った父十郎は、南方生活の体験やその国士的言動から政官界、それに海軍の人たちとも幅広い交遊を持つようになり、長男の改一によくお使いを命じた。そのことが昭和六年夏の彼の日記に書いてある。

「七月二十二日　金曜日　晴

『改一』『ハーイ』、またお父さんのお使いだ。困ったなあ、僕はだかだ。エイ面倒とばかりはだかのままお父さんのところに行った。すると拓相(拓務大臣)官舎と外務省と拓務省に行って来いとの命令だ。しぶしぶながら洋服を着て自転車に乗って飛び出した。さて飛び出して来てみると、さっぱりわからない。地図と引き合わせてみたがわからないので、その辺をブラブラしていると、官舎らしいりっぱな家がある。ハハーこれだなと独り言をいいながら入って行き、用事をすませて今度は外務省に行った。が、外務省は案外わかりやすかった。今度は拓務省に行ったが、地図が間違っていたので参謀本部に来てしまった。仕方がないのでお巡りさんに聞いたら、全然方角違いだ。やがて仕事を終えて家に帰ったら、汗が一度に滝のごとく流れ出た」

改一は十一歳で中学に入ったばかりの夏休みだったが、父はこのころから改一に難しい使いをいいつけている。少年改一はそれをりっぱにこなしたが、口語体の生き生きとした日記の描写もなかなかのものだ。

このころ、京橋でジャワ料理店を開いたり、南方から輸入した食糧の販売をしていた家の仕事を長男の改一はよく手伝った。ちょうど夏休みがはじまったばかりのころに、父がジャワから輸入していたタピオカ（熱帯地方の重要な食糧源の一つであるでんぷん）の宣伝売りを日本橋白木屋と銀座高島屋デパートでやったことがあるが、そのときも改一は母と一緒に手伝って売り子をしている。このとき母の小竹はジャワから呼び寄せた女の子とともに、ジャワ更紗の民族衣裳をつけて店に立った。

「夜ごはんを食べているとき、お父さんが宣伝売りがすんだら豊島園につれて行ってやるといったので、みんな大喜びである」と日記にあるが、厳格だった反面この父はつとめて子供たちを遊びにつれて行くべく努力していたようだ。だから、「正月なんか日比谷映画にみんなを連れて行ってくれたが、自分は映画も見ずに居眠りしていた」と三女の須椰子は語る。

ジャワ料理店をやったり、現地の物産を輸入して売ったり、けっこう商売も熱心だった父の十郎だったが、次女のタカにいわせれば、「武士の商法で失敗が多かった」という。やはり十郎には商売よりも南方地域の民族問題のほうが性に合っていたようで、竹井天海というペンネームでインドネシアの文化について書いたり、「最新日マ字典」「最新マライ語速習」などを出したりしている。

日本で数少ない南方通であり、しかも私心のないりっぱな人物ということから、竹井家にはよくエラい人たちが出入りしたが、とくに海軍の将官たちとは親密だったようで、高橋三吉、山本五十六、竹下勇、大角岑生《おおすみみねお》、米内光政といった錚々《そうそう》たる提督たちが訪ねている。

なかでもとくに親しかったのは高橋三吉、大角岑生の両提督で、この人たちは飾らない私服姿でやって来たので、子供たちはそんなにエラい人とは気づかないほどだった。

「高橋三吉さんが家に見えたとき、私が玄関に出ました。私はお母さんに、『色の黒い、お百姓さんのようななりの人が見えてる』と伝えましたが、あとで海軍大将だと聞かされてびっくりしました」

田中タカの思い出であるが、父とこうした海軍の一流の人物たちとの交流も、当時の改一には大した関心事ではなかったらしい。だから、このことと改一が海軍に進もうと考えるにいたった動機とは関係ないようだ。海軍についていうなら、もっと身近なできごとが彼にはあった。

下三人が妹であり、幼いときジャワで亡くなった次男に代わる唯一の男兄弟（四男季夫、五男修はまだ生まれていなかった）ということで、改一は三男の夏郎をよくつれて歩いた。

「僕がまだヨチヨチ歩きのとき、中学生だった兄が石神井公園だったか井ノ頭公園だったかにつれて行ってくれました。たまたま休暇で帰って来ていた隣りの中島さんという海軍兵学校生徒も一緒でした。

まだ足もとのおぼつかなかった私は、うっかりして池に落ちてしまいましたが、その中島さんがすぐに池に飛び込んで助けてくれました。そして傍らの茶店で着替えさせてくれましたが、池に落ちたことをとがめることもなく、むしろ落ちても泣かなかったとほめてくれました。

それを見て兄貴は、さすがは海軍の将校生徒だといって感心していました」

夏郎の思い出であるが、これも改一が海軍に進むきっかけにはなっておらず、自分が将来何になるかを彼が真剣に考えはじめたのは中学四年のころだったというから、比較的のんびりしていたようだ。それも最初、海軍は頭になく、高等学校か陸軍士官学校をと考えたが、そのどちらも改一が本当に望むものではなかった。とくに高等学校といえば、腰に手拭をぶら下げた敝衣破帽のバンカラな印象の生徒姿しか思い浮かばなかった改一は、理屈なしにそういう格好が気に入らなかったのである。しかも高等学校生徒に知り合いもなかったところから、それ以上に認識を改める機会もなかった。格好という点からすれば、陸軍士官学校の制服も改一の好みにあったかどうか疑問だ。

そうこうしているうちに五年になり、何としても将来の針路をきめなければならなくなったが、このころから、父の影響からか、「日本の海国たるの認識をうすうすながら持ちはじめ、海に対して興味を抱くようになった」と、のちに改一は書きしるしている。
「セレベスで生まれて日本とジャワの間を船で往ったり来たりした幼いころの思い出とか、そのころ刻みつけられた海というものに対する一種の神秘的感慨が、こうした機会に頭をもたげて来たものと思う。そうしてこれが昂じてくると、もう矢も楯もたまらなくなって、俺は海軍に入ることに決めてしまった。
もちろん一応はいろいろのことも考えてみたが、無性に海が恋しくてならず、だれが何といおうと海軍に入るというわけで、本格的に海軍の学校を受けることを考えた。考えてみると、いたって単純な動機だったかも知れない」（五十期クラス会誌より）
改一の父十郎は、日ごろから日本が南方に発展するためには海軍力が必要であるという持論を持ち、そのせいで海軍の指導的役割をになう提督たちと親交を結んでいた。
「親父がそうなら、一つ俺は実践の方をやってそれを完成してやろうと一人で力んではみたものの、口に出していえるほど確固たるものではなかった。ともあれ海に対する狂的に近い熱情は、日とともに激しくなっていった」（同前）
だが、熱情はそうであっても現実はきびしく、彼はこの年の海軍機関学校入学試験に落ちてしまった。まだまだ改一の受験に対する認識が甘かったからであったが、浪人になってはじめて彼は真剣になった。
以下、ふたたび五十期クラス会誌からの抜粋である。

試験は十月だから、まだ七ヵ月もある。今度こそ通らなければ海軍の学校に入る機会は二度とまわって来ないと思い、きわめて念入りに計画して準備を進めた。

計画は着々と実行され、我ながらうまく行くわいと、独り微笑を禁じ得なかった。ところが、青天の霹靂《へきれき》ともいうべきことが起きた。六月初旬のこと、何の気なしに聞いていたラジオニュースで海軍生徒採用試験が繰り上げられて、機関学校は八月下旬に先行されると放送していたから驚いた。こんなはずではなかったなどといまだからのん気な表現もできるが、その当時はじつにあわてた。だが、少し落ちついて考えてみれば、俺だけ早くなったわけではなく、みな同じように早くなって狼狽していることだろうと安心した。

とかくするうちに八月下旬となり、築地の海軍軍医学校へ受験に出かけた。なにしろ暑いときで、流れる汗をハンカチで拭いながら答案を書いた。数学は八割、英語も悪くはない。難物の化学も相当にできた。というわけで、もしかしたらパスするかも知れないと淡い望みを持っていた。

しかし、何しろそのころは、どの受験雑誌を見ても、話を聞いても、海機といえば天下の難関、とうてい俺なんかの近寄ることもできない学校なんだという意識が強かった。

十月中旬に発表のはずであるが十一日、十二日、十三日……待てども電報は来ない。やっぱり俺なんかの入れる学校ではないと、割合いあっさり諦めていた。それは後から受けた兵学校の試験が機関学校のそれよりよくできていたせいでもあった。ところが十七日、突如、電報がきた。

「カイキゴウカク・イインテウ」

開いた中にはそう書いてあった。

よく夢かとばかり、という表現が使われるが、まったくその通りだった。家人の言によると、電報を読んだ瞬間、血の気が失せて真っ青になったという。それは、突然、降って湧いた幸福をつかんで、急に自分が偉い者になったような気持だった。

6

「横手《よこて》高明《たかあき》　大正九年五月一日生　少佐

本籍　熊本県鹿本郡米田村大字南島一九〇三

（第三四一海軍航空隊司令発、三四一空機密第三号の二）

昭和十九年十月二十四日〇八〇〇敵機動部隊索敵攻撃の為マルコット基地発進、〇八三〇リモン湾上空に於て敵機と遭遇、之と交戦中行方不明となる」

横手高明はアメリカ生まれの二世だった。父室平《むろへい》は十七歳くらいのとき、出稼ぎのため、アメリカに渡り、当時の出稼ぎの日本人の多くがそうであったように、炭鉱夫、農場の手伝い、皿洗いなど、さまざまな仕事を転々として金を貯め、生活の目途もついたところで嫁を迎えに一時帰国した。

故郷で士族の娘ツエヲと結婚し、アメリカにもどったあと、長女夏子、長男健一、そして高明、綾子、桂吾と子宝にも恵まれ、昭和五年に日本に引き揚げて来た。したがって室平の子供たちは、みな二重国籍を持っていた。

カリフォルニアのサクラメントから帰国後、長男健一は農業高校に進んだが、十九歳のとき肺結核で死亡、高明のすぐ下の妹綾子も心臓病で十五歳で死んだ。長女夏子は母と同じ道をたどってアメリカにいた竹下という青年のもとに嫁ぎ、横手家もさびしくなったが、桂吾の下に国男、義弘と男の子が二人でき、男兄弟ばかり四人の賑やかな家族となった。

横手一家がアメリカから帰国した昭和五年といえば、まゆ価の下落による豊作貧乏で、農家は窮乏のどん底にあった。これが後に青年海軍士官や農民決死隊によるテロリズム——昭和七年五月十五日のいわゆる五・一五事件のきっかけとなるのだが、室平はアメリカで稼いだ金で広い土地を買い、裕福な大地主となった。

「暮れになると小作の人たちが年貢として納める米を大八車に積んでやって来た。それをかついでうちの米蔵に入れるのを、父が火鉢のそばに座って大福帳に書き込んでいたのを覚えている」

高明の一番下の弟義弘はそう語っているが、だから男の子たちはほかの子供が粗末な服を着ている中で紺サージのいい服を着、下駄も杉ではなく桐のをはいていた。

室平は大勢の小作人を使っていたが、苦労人だったのであこぎなことはしなかった。一家が住む米田村（現山鹿市南島）の近くには、阿蘇の麓から熊本平野をうねりながら通って島原湾に達する菊池川があった。それほど大きな川ではなかったがこれが暴れ川で、台風シーズンになるとよく氾濫し、一帯が湖水のようになって家々が孤立してしまうことがあった。室平はそんなときの炊き出しの配給や交通手段にと、私財を投じて小舟を二艘寄付したりした。また村人が金を借りに来ることもあったが、気軽に貸してやっていたので人望があり、「室平《しっぺい》さん、室平さん」と呼ばれて慕われていた。

室平は正式には「むろへい」だが、村人たちは親しみをこめて「しっぺい」さんと呼んでいた。

そんなことから自然に村の役職につくようになり、村議会の議長をつとめて村起こしに業績を残し、米田村が山鹿市に合併になったときには、合併後の初代山鹿市議会議長に就任している。

末っ子の義弘によれば、「士族の娘だった母の血を継いで頭がよかった」高明は、中学に入ってもずっと一番の成績で級長をつとめた。高明が入った鹿本中学は、熊本市内の熊本中学、済々黌(中学)について、県下では隣りの玉名中学と二番目の座を競う名門校だったから、かなりの秀才だったようだ。

すぐ下の弟桂吾が兄と同じ鹿本中学に入ったときには、五歳上の高明は五年生のはずだったが、四年から海軍機関学校に行ってしまったのですでにいなかった。桂吾はその秀才の弟ということで、とかく兄と比較され、高明を知る先生たちからは「賢兄愚弟だね」といわれたという。

アメリカから帰ったばかりのころ、二人は日本語があまりうまくないので、よくいじめられたが、桂吾がいじめられているのを見ると、高明が木刀を持ってきて追い払ってくれた。スポーツは何をやらしてもうまいし、勉強もよくできた高明は、父室平にとっては自慢の子で、将来はこの子と一緒に何か事業をと考えていたようだ。

家が経済的に困っているわけではないから、月謝のいらない軍の学校をと考える必要のない高明であったが、彼はいつしか軍人を志すようになった。アメリカ帰りの高明にとって、他の中学生たちが大の苦手だった英語が得意だったのは受験勉強にとって有利だった。なにしろ英会話はペラペラだったから、先生も高明には一目置き、英語の時間はどっちが先生だかわからないようなこともあった。

高明は中学四年のとき海軍機関学校と陸軍士官学校を受験し、両方とも合格した。合格電報を自宅の土間で受け取った高明は、「飛び跳ねて喜んだ」（義弘）という。

高明はこの二つのうち海軍機関学校を選んだが、その動機は同級生の宮崎篤躬（昭和十九年三月三十一日、マロエラップ島で戦死）が一緒に海機に合格したこと、二年先輩に海軍兵学校に行った松尾敬宇（海兵六十八期、昭和十七年六月一日、特殊潜航艇でシドニーを攻撃戦死）がいたことなどではないかと想像される。

「堂々たる長身の恰幅のよい人物で、見るからにスポーツマンだった。性格は一言にしていえば竹を割ったような熱血漢であり、九州男子の面目躍如」と、いまは亡き機関学校時代の友寺本了は評しているが、高明はユーモアを好み、とくに人の物真似がうまく、彼はつねに笑いの渦の中心にいたようだ。

彼がユーモアを好んだ証拠に、前出のクラス会誌にのった「四号は恐い」と題した一文の中から一節を紹介してみよう。

「生徒長（注、分隊のまとめ役で、一号の最先任がなる）が一学年に対し、『すべて私室に入る場合はノックして、室内より返事があったら入ってよろしい』と教えた。そこで某四号、便所に入らんとしてノックをしたが、いくらノックしても中より返事がないので、おかしいなあと思いながらつぎのをノックしてみた。ところが、中よりノックし返したので、『しめた』とばかり開けたら、これはまたいかに。開けたほうより開けられたほうが仰天したことはいうまでもない。

中の者は開けられるとき扉の把手を引っ張って開けられまいとしたが、かなわなかった。なにしろ開けた四号は体重七十キロの、すばらしい腕力の持ち主（?）であった」

この「四号は恐い」は、恐い最上級生の一号生徒に対してそれと知らずに四号が仕出かす珍事件を四篇集めたものだが、面白いので、ついでにもう一篇紹介しよう。

「これは入学当初における一大悲劇である。

憧れの短剣、軍帽、軍衣を身につける被服試着の日であった。我らの生徒長T生徒は事業服の継ぎ目だらけのを着て、おまけに胸のあたりに、迷子にならぬようにでもあろうか名札をつけていたので（注、生徒は全員名札をつけていた）、すっかり彼を小使（注、いまでいう用務員）と思い込んだ新入生Hは、

『おい！ボヤボヤ見ていないで、ちょっとこのボタンをとめてくれ』

と心胆を寒からしむる一言。これを聞きたるT生徒長は、〈さては俺の聞き違いかな〉と頭から湯気を出しながら小指を耳の穴に突っ込んでみたが、そんなに耳垢がたまっていようはずがない」

すべてこんな具合で、彼がユーモアのセンス抜群だったことがこれらの文章からもうかがえるが、弟の桂吾によれば、「明るい人に好かれる性格」だった高明の本当の胸のうちはどうであったろうか。

高明は機関学校を卒業した後、軍艦乗組から飛行機整備のほうに進み、昭和十八年はじめに飛行学生となった。霞ヶ浦での八ヵ月の初歩教程を終えた高明は戦闘機専修となり、九月半ばに大分航空隊にやって来た。大分と彼の故郷は阿蘇山を隔てた向かいにあったが、高明は家に帰らなかった。彼が帰ったのは大分空での教程を終えて厚木空に配属になって行くときだったが、この間に専門学校生となっていた桂吾が大分空に兄をたずねた。

勇壮な空戦訓練や飛行場いっぱいの零戦を見て、桂吾は胸をときめかせたが、その桂吾に兄は、「軍人にだけは決してなるな、俺一人でじゅうぶんだ」としみじみいった。それから約一年後に高明は戦死した。

しかし、その兄のアドバイスに反して、学業途中で桂吾は予備学生として海軍に入り、海軍少尉になった。

短剣を吊って帰って来た六歳上の兄桂吾を見て、海を志した末っ子の義弘は、中学一年から鹿児島の商船学校に入った。昭和二十年ともなれば民間の商船学校も海軍の予備校なみで、教官は土屋という現役の海軍大尉だった。兄が飛行機乗りで海軍大尉だといったら、何かと可愛がってくれたという。ちなみに、高明の戦死は昭和十九年十月二十四日だが、それが遺族に知らされたのは、終戦後の昭和二十年八月二十七日だった。

「いま思うと、兄は顔にどこか淋しそうなところがあった。本当に楽しそうな顔をしたことはあまりなかった」

十一歳下の義弘の目に映じた兄高明の横顔であるが、ひょうきんでよく周囲を笑わせたその人との大きな落差をどう解釈すべきか。だれもが、そして真剣に国や家族を思う若者ほど苦渋に満ちた時代だったのである。

7

「蛭澤久也《ひるさわきゅうや》　大正九年一月二十九日生　少佐

本籍　三重県阿山郡阿波村

（第二二一海軍航空隊司令発、二二一空機密第十二号の四二）

昭和十九年十月二十四日、マニラ東方敵機動部隊攻撃の際未帰還」

蛭澤久也は、伊賀忍者の里上野に近い阿山郡の、いまは大山田村になっている阿波村で、父清太郎と母よし江の長男として生まれた。

蛭澤家は阿波村きっての素封家で、祖父岩次郎の兄、すなわち本家の蛭澤亦三郎は若くして村長となり、後に三重の県会議員や県会副議長をつとめたが、長かった村長在任期間中に村有林をつくって村の基本財産とするなど、村の発展に大きな足跡を残している。

県政を退いた亦三郎は、伊賀農商銀行の初代頭取となったが、父清太郎の弟友三郎もまた三菱銀行、三菱地所などの役員を歴任しており、さらに父の従妹きぬ江の夫大森洪太は、大審院院長から司法次官となり、司法大臣親任を目前に亡くなったという名門の血筋だった。

貴公子のように端正な久也の顔立ちとその挙措振舞いは、彼の生い立ちによることはもちろんだが、こうした人たちが身近にいて折にふれ接していたことによる影響が少なくない。

不幸にして彼は小学校に入学した年に母を亡くしたが、すくなくともその生活環境は大変に恵まれたものだったと、小学校、中学校時代を通じての親友吉岡寛（三重県津市在住）は語る。

「小学校の三、四年ごろだったと思いますが、パンにバターを塗って食べたという話を、久也君から聞かされたことがありました。

たまたま私の祖父の弟で明治四十年ごろにアメリカに渡り、何年かかの地で暮らしたことのある人から聞かされた話の中でバターという言葉を耳にしましたが、一度も口にしたことがなかったので、私は彼の話を大変羨ましく思いながら聞いたものです。

小学校の五年生のころには、私たちには手の届きかねた万年筆を彼から借りて、胸のポケットにさしてみたり字を書いてみたりして喜んだことを、いまでもはっきり覚えています。

小学校のころは久也君の家にもたびたび遊びに行きました。姉のあやさんとみやさんは当時上野の県立女学校に在学中だったので、顔を合わせることはありませんでしたが、いつも上品なお祖母《ばあ》さんがにこやかに迎えてくれました」

バターつきのパンにしても万年筆にしても、貧しかった当時の日本、それも地方の農村にはまれなハイカラなもので、久也は、いわゆるいいとこの坊ちゃんだったのである。

「少年のころの久也は非常に無口で、おとなしくやさしい子だった」と五歳上の姉みや（現姓東出）は語るが、吉岡もまったく同じことをいっている。

「彼のお母さんの実家である林家に法事などがあるときは、私も何度か母親に連れられて行ったことがあり、そこで久也君の姉弟たちと一緒になった。また私の母の実家へ彼が正月の挨拶に来て一緒になるなど、単に学校の友だちとしてだけでなく、とくに深い関わりがありましたが、私の記憶にはいつも生真面目でおとなしい彼の姿しか浮かんで来ません」

昭和七年に久也は県立三中、すなわち上野中学に進学したが、四十人のクラスから中学に進んだのは久也と吉岡寛の二人だけだった。

中学に入った久也は、阿波村の家からは遠くて通えないので、父清太郎が学校の近くに借りてくれた二階家に祖母と住むことになった。食事や身のまわりのことは祖母がやってくれたし、中学二年になってからは、年子の弟の日出也もこの家にやって来て一緒に中学に通うようになったので、家族と離れて暮らす淋しさはなかったが、幼くして失った母への思いは忘れ難いものがあったようだ。

その代わりかどうか、「久也は叔母の北村ますえを母のように慕っていた」と次姉のみやは語っているが、事実、彼は機関学校生徒になってからも、まるで母親に対するようにまめに叔母あてに手紙を出している。しかし、親友だった吉岡によれば、その対象はむしろ年の離れた姉たちではなかったかという。

「久也君が中学校の近くの借家から通っていたころ、名張市出身の夏田胤成君がしばらく彼のところに寄宿していたことがありました。

そのころ、十歳年上の長姉あやさんは柳家に嫁いでいたらしく、そのあやさんが膝に赤ん坊を抱いている写真を大切にしていて、彼からよく見せられたものだと、最近、夏田君が私に話してくれました。

この話を聞いて私は、少年期の早いときにお母さんを亡くした久也君が、姉たちをお母さん代わりとも思って敬慕していたのではないかという気がしてなりませんでした。

私もまた中学三年の春、母の急死に逢っておりますので、久也君の心情がよくわかる気がして感無量になったものです」

優秀な家系からか久也は頭がよく、学校の成績も抜群で、吉岡によると、「小学校のころは私といい競争相手で、二人でいつも一番、二番を争っていましたが、中学に入ってからは終始、彼のほうが上で、私の成績が下がるにつれて、彼から何度か注意されたり鞭撻を受けたりした」という。

中学ではバレーボールをやっていたが、同級生で同じバレーボール部にいた井岡彰は、「久也君は勉強ばかりしていて、バレーの練習にはそれほど熱心ではなかったから、正選手にはなれなかったし、他校との試合にも二、三回しか出なかったと思う」と語っている。

口数が少ない上に勉強家だった久也は、自分から友だちを求めていくタイプでもなかったから、交友関係もあまり広くなく、したがって中学時代の同級生たちも、「彼は勉強家だった」という以外に、特別なエピソードといったものを思い出すのは難しいようだ。しかし、その久也も、地道な努力をつみ上げてゆくことにより、着実に周囲に認められるような存在に成長していった。

吉岡寛は語る。

「中学三年の二月期から私は県立宇治山田中学校に転校しましたので、それから彼との交際はしばらく途絶えておりました。

昭和十一年秋、三重県下全中学校四、五年生が南北両軍に分かれての合同演習が、夜間の戦闘教練も含めて二日間にわたって津市の西の久居町周辺で行なわれたことがありました。久也君の上野中学校は北軍、私の宇治山田中学校は南軍に編成され、南北から互いに軍事教練をくり返しながら三十三連隊のあった久居町を目指して行軍しました。

二日間の合同演習が終わり、連隊長の閲兵を受けるために参加中学の全員が練兵場に集合したとき、指揮刀をさげて上野中学の指揮をとっている久也君とばったり合いました。

二人は簡単な言葉を交わしたまま別れましたが、そのときの彼は、一まわりも二まわりも大きくなったように見え、さっそうとした彼の雄姿は、いまもはっきり私の目前に浮かびます」

勉強も軍事教練にも秀でていた久也は、文才のほうもなかなかのものであったらしく、彼が五年生だった昭和十二年発行の上野中学校校友会誌三十二号に、「故里」（ふるさと）と題した彼の詩がのっている。（原文のまま）

ふるさとの　山はたふとし
おごそかに　黙然と立つ
あたたかき　ふところ深く
わが里は　無心に眠る
高くその　つよき姿に
我は唯　こころ尊し

ふるさとの　川はしたはし
こんこんと　無限に躍る
せせらぎの　楽の音床し
やまずわが　里をうるほす
清きその　永き流れに

彼は〝ふるさと〟をうたってはいるが、じつは幼くして失った母への思いをこの詩に託して表現しているように思えてならない。

前の年、久也は海軍機関学校を受験したが、身体検査でおちた。内診でラッセルが出たということだったが、あとで何でもないことがわかった。そして一浪の後、第六高等学校と再度挑戦した機関学校の両方に合格したが、彼は迷うことなく後者を選んだ。当時はとくに軍人を望んだわけではなくとも、家に学費の負担をかけなくてすむという理由で軍関係の学校に進む者も少なくなかった。彼の場合は家が裕福でその心配は無用だったから、純粋に軍人を――それも海軍士官となることを望んだものと考えられる。

昭和十三年三月はじめ、いよいよ海軍機関学校の入学が近づき、久也が身のまわりの整理をはじめたころ、親友の吉岡が阿波村の実家にもどっていた久也を訪ねた。

「彼と私は下阿波の『岡利』という小料理屋の二階で別れの酒を汲み交わしました。はじめて飲んだ二人だけの酒でした。

当時、いなかの料理屋では二合入りの細長く大きな銚子が出ましたが、二人は食卓をはさんで向かい合って座ったまま、それを九本カラにして倒したことをいまも憶えています。二人とも最後まで膝もくずさず、食卓に両肘をついて正座したままであったように思います。

三月といっても阿波の夜は寒かったが、それから約半里（約二キロ）あまりの夜更けの暗い道を、語りつくせぬ思いを抱きながら歩いて帰りました」

二合入り銚子九本といえば二升近くになり、二人で一升びんを二本近くあけてなお膝をくずさず、しかもその大半は久也があけたようだから、相当の酒豪だったといえる。

どうやら彼の酒の強いのは、家系からきた先天的なものだったらしく、機関学校同期の中嶋忠博（横浜市中区在住）によると、「酔っても決して荒れることなく、いつも悠々としていた」という。

大体、海軍と酒とは切っても切れない縁があり、港で積み込むのも、砲弾、魚雷のつぎが酒、そして水、燃料、食糧などの順だったというから、その点からも久也は海軍に向いていたといえるかも知れない。

ここで、久也の友情――友人に対する細やかな心づかいについて、吉岡寛には忘れられない思い出がある。

「久也君が海軍機関学校入校後はじめての夏休みに帰省したとき、彼の家に遊びに行きました。彼の部屋の大きな鴨居に取りつけられた洋服かけに、海軍機関学校生徒の制服と制帽がベルトについた短剣と一緒にかかっていました。

制帽にかぶせられたカバーの清潔な白さゆえになぜか強い緊張感を覚え、海機でのいろいろな話を彼から聞きながら、私の目はずっと彼の制服や帽子を見つめていました。短剣で鉛筆を削ったり、時には梨の皮むきに使うこともあるなどと、彼は笑いながら話してくれました。その後、私は胸を病んで療養所を転々としましたので、久也君に会うことはありませんでした。

昭和十六年の初夏のころだったと思いますが、三重県で陸軍の大演習が行なわれるというので、天皇陛下の行幸に備えて艦隊が伊勢湾に碇泊したことがありました。そのころ、私が入っていた富田浜療養所のすぐ裏の砂浜からも、その艦隊の姿がよく見えると療友たちが話していました。

そんなとき突然、久也君が菓子と果物を提げて私を見舞いに来てくれたのです。私と彼とはそのころ互いに音信はなかったし、療養所を転々としていた私の居所をどうして知ったのか、彼の姿を見たときは本当に驚きました。

彼は四日市港沖に碇泊していた軍艦（注、戦艦『日向』）に乗っているといっていました。海機卒業間もないころでしたから、彼の襟章には金筋が一本あるだけで、まだ桜の花がついていませんでした。

私は思いがけない彼の出現に、とっさに声も出ない有様で、相変わらずの貴公子のような彼の端正な顔と、そして非常にたくましくなった彼の姿を、羨望と畏敬の入りまじった複雑な気持でただ見つめていただけでした。

ベッド脇の椅子に腰を下ろした彼は、持参したチョコレートや果物を私に食べさせながら二時間くらいいたと思います。

日が暮れてから彼は軍艦に帰って行きましたが、それが久也君との最後の別れとなりました。それから幾日もたたないうちに陸軍の大演習が中止になったというので、伊勢湾に碇泊していた艦隊の姿も見られなくなりました」

8

「小川武《おがわたけし》　大正九年四月十五日生　少佐

本籍　神奈川県足柄下郡真鶴町六七七

(第七六一海軍航空隊司令発、七六一空機密一〇一七四一)

昭和十九年十一月二十七日、攻撃に発進、未帰還」(注、フィリピン海域)

「小川はブ(武)をつけて呼ばないと、その白皙にして海軍の礼装の似合う彼の姿は浮かんでこない。浜っ子で、サラッとした気っぷだった。一号生徒の前で歌詞をつけずに曲だけを堂々と都会風に歌った彼のムードは、その風貌とともに帝国海軍の洗練された情操の象徴ともいうべきものがあった」

期友の清水通(東京都豊島区在住)がいっているように、小川武の本籍は父母の故郷である真鶴となっているが、彼自身は横浜育ちのいわゆる浜っ子であった。

横浜の小学校長をしていた父真次と母エン(遠子)の間には上から順に文夫、泰子、武の三人の子があった。子供の多かった当時からすると兄弟は少ないほうで、しかも明治四十一年生まれの兄文夫とは十三歳も違っていたし、学校の成績も優秀だったこともあって、両親はこの武のほうを可愛がったようだ。

父真次は小田原のむかしでいう士族の出で、義姉（兄文夫の妻）の小川富美子（神奈川県湯ヶ原町在住）にいわせると、「なかなかきれいな人だった」という母エンは、当時の女性には珍しく大柄な体格の持ち主で、武はどうやらこの両親のいいところばかりを受け継いだようだ。

両親が武のほうを可愛がったのもそのせいがあったらしく、兄の文夫はずいぶんひがんでいたという。姉の泰子は、母の弟と兵学校同期の川崎という海軍士官に嫁いだ。この人は航空に進んで飛行機乗りになったが、はじめての子のお七夜の日に訓練で殉職してしまった。

残されたその子がかわいそうと、機関学校に入ってからも、卒業してからも、この幼い姪のことを気づかって、日記にも手紙にもしばしばその姪扶紗子のことを書いている。

「朝のうち、寒かったので扶紗子と一緒にふとんの中でいろいろ茶目なることを楽しむ」（昭和十三年十二月三十一日、冬季休暇）、「十時起床、扶紗子を連れて近所の氏神様にお参りする」（昭和十四年正月、同）、「午前、扶紗子を連れて近所を散歩」（昭和十四年八月二日、夏期休暇）、「扶紗子の第四回誕生日。何もしてやれないが、遠く舞鶴より心からなる喜びを送る」（昭和十五年二月七日）

以上は日記から拾ったものの一部だが、手紙ではさらに扶紗子への愛情を募らせた文面が見られる。

「扶紗子も四月から、英和の付属幼稚園に入学するそうですね。大変喜んでいることでしょう。通学には電車通りを横切ることになりますから気をつけて下さい」（昭和十五年三月十八日、母宛）、「扶紗子も今年から小学生ですね。早く行きたいでしょう。叔父さん（注、自分のこと）も早く扶紗子の小学生姿が見たいものだと思っています。何も御祝いしてやれませんが、気持だけでがまんして下さい」（昭和十七年一月七日、父宛。ハワイ、ウェーキ作戦より内地に帰還した空母「蒼龍」より）、「扶紗子も自分が帰るころは小学校に行っているのですね。きっと大きく可愛くなっていることでしょう」（昭和十七年三月末、父宛。作戦中の空母「蒼龍」より）

姪扶紗子の成長を想像し、それを喜ぶ様はまるで自分の妹か娘に対するようで、彼のフェミニストたる一面をのぞかせている。その扶紗子もいまは大人に生長した二児の母となっている。

嫁姑の問題はいまも変わらないが、若くして未亡人となった娘の泰子が両親は不憫でならず、そのぶん嫁の富美子に辛くあたったようだ。

兄文夫は、戦後まもない昭和二十五年に四十代の若さで亡くなった。姉の泰子も、その後五十二歳で亡くなったので、武の兄姉はすべていなくなり、父母も亡くなった今となっては武の往時を知る身内はだれもいない。

義姉の富美子が覚えている武の記憶といえば、機関学校生徒時代に休暇で帰って来たときなど、よく横浜の南京町に家族を呼んで一緒に中華料理を食べたことくらいだという。そんなとき、鶴見の小学校に勤めていた富美子のところへも、「義姉《ねえ》さん、いま南京町にいるから来て下さい」と電話をよこしたりしている。彼なりに兄嫁のことを気づかっていた、というべきか。

姪の扶紗子に対する愛情にも見られるように、武の身内に対する感情には特別なものがあり、たとえば彼と同じパイロットになった横手高明などは、生徒時代の日記にほとんど家族について書いていないが、小川武の日記にはしきりにそれが出てくる。

しかも、残された手紙の日付を見ても、ほとんど毎週のように家に手紙を書いており、家族への思いはひときわ強かった様子がしのばれる。

もう一つ、彼の特色は、期友が「第五十期川柳」で、「横浜の婆婆っ気たっぷり小川さん」と詠んでいるように、横浜の街に対する郷愁の念がきわめて強かったことだ。季節のうつろいにも、よその街を歩いても、「今頃は横浜の……」とか「横浜を思わせる……」といった表現が、機関学校生徒時代の日記にも随所に見られ、クラスメートのだれもが認める生っ粋の、そして婆婆っ気たっぷりの浜っ子であった。

残念ながら血縁の身内が早くいなくなってしまったせいで、武の生い立ちについての情報はきわめて乏しいが、前出の機関学校三学年時代のクラス会誌に、「音楽随想」と題して中学時代に音楽が好きになった動機について書いたものがのっているので紹介しておこう。

中学時代ひょっとしたはずみに西洋音楽に興味を持ちはじめ、その傾向はいまもまったく変わらない。先天的に音楽に対する感受性が強かったせいかもしれないが、ラジオから流れる音楽を、小さいときから、わからないながら耳に親しんできた。慣れるというのは大切なことで、倫理で習った〝習熟して化す〟とはそのことをいっているのだと思う。エントロピー（注、密度、温度、圧力などの量を示す熱力学の関数で、ひどく意味のわかり難い言葉）のごとく、はじめは味も何もなく、むしろ喧《やかま》しいものであるが、これも親しんでくると捨て難いものだ。

軍人に音楽など不要という御仁がいるかもしれないが、低級な趣味を覚えるよりはましだと思う。軍人だって趣味を持つことは必要で、趣味のない無風流な人間が成人すると、ろくなことを覚えない。

自分はあえて楽器を持って演奏しろとはいわない。ただ聞くだけで結構で、聞いているうちに宇宙の真理に触れ、人生の幸福を覗き、人間性に一段と深みを増すことができる。聞いて親しむことができれば、音楽に古今東西を問わない。日本の優雅な長唄だって、クラシカルな西洋音楽だっていいし、流行歌を唄って心地よく感ずる者もいるだろう。流行歌を浅薄なりと酷評する人もいるが、要は人によるのであって、聞いて心地よく、うたって興を感ずれば音楽に上下はないといえる。

ただ我々海軍士官が親しむべき音楽とすれば、自分は西洋の名曲を推したい。西洋音楽を推したからとて、少しも西洋心酔者ではない。その曲の持つ絶対性が人の心を揺り動かすのである。そこに音楽に親しむ価値があるのではなかろうか。

武はこの中で〝趣味のない人間が成人すると、ろくなことを覚えない〟といっているが、浜っ子の彼は異性への目覚めも早く、女性にモテたこともあって、任官してからは結構発展家だったようだ。

性格的には大胆でおおらかなところがあり、期友の清水がいうように、四号のとき一号生徒の前で「椰子の実」の歌を「ラ、ラ、ラ、ラーラ、ラ、ラ……」と歌詞をつけずにハミングで唄ってのけ、他の四号たちをハラハラさせた。それを海軍用語でいう「シレッ」としてやってのけたのだから、たいした度胸というべきだ。

もっともそうした度胸は女性との交際にも向けられ、整備学生になって横浜で遊んで帰る電車の中で、吊皮につかまりながら隣りにいた妙齢の女性に、「私はこういう者ですが、おつき合い願えませんでしょうか」といって海軍少尉の名刺を出したという。

武は後に搭乗員に転向したが、エンジンの調子が少しでもおかしいと文句をいう搭乗員が多かった中で、彼だけはケロッとして、これくらい大丈夫だろうといって飛んでいった。

戦死した機関学校五十期出身パイロット七人のうち、一番遅い昭和十九年十一月二十七日に小川武大尉は戦死したが、この日の彼の乗機は、整備員泣かせの「アツタ」エンジンを装着した艦上爆撃機「彗星」だった。音楽好きで耳のいい武は、エンジン不調があればすぐ気づいたはずだが、おおらかな彼は、「いいよ、いいよ」といって出撃したのかもしれない。

搭乗員の消耗の激しかった当時のフィリピン方面では、彼はすでにかけがえのない艦爆隊指揮官となっていた。敵上陸部隊のレイテ湾進入を最初に発見したのは、悪天候を衝いて出動した小川大尉操縦の「彗星」艦爆であった。

第二章　巣立ちの日

1

いまは〝旧〟の文字を冠して呼ばれるようになったかつての日本海軍には、正規の将校生徒を養成する学校として兵学校、機関学校、経理学校の三つがあった。それぞれの学校名が示すように兵科、機関科、主計（経理）科の士官を養成することを目的としているが、この本の主人公たちはこのうちの海軍機関学校を出た機関科士官である。

機関科というのは、わかりやすくいえば軍艦や船の動力であるエンジンおよびフネを動かすに必要な内部のさまざまな機械や設備の運転や保守を担当するエンジニアグループのことだ。当然、兵科よりも理学や工学の広範な知識が必要とされ、理数や専門学科の教育が重視された。

下士官兵の場合も同じだが、士官教育にあっても兵学校と機関学校のもっとも大きな違いはそこにあったし、機関学校には理数系の得意な人材が多く集まった。

機関科のもう一つの特長は、同じ軍人でありながら兵科や主計科とは比較にならない劣悪な環境で勤務しなければならなかった点だ。カマ炊きといわれた石炭でスチームエンジンを動かした時代から、重油を燃料とするタービンへとフネの燃料や動力も変わったが、そのエンジンのある位置は変わらず、つねに船体あるいは艦体の内部深く、海面より下の吃水線下にある。

密閉されたエンジンルームは、エンジンの発する熱気と騒音に満ち、濁った空気やオイルの臭気でムカつくような中での勤務は、強い体力と忍耐心を必要とする。しかも艦底で作業をする関係から、戦闘でフネがやられたとき脱出するのが困難なため、甲板上で勤務する兵科の人たちにくらべて生存の確率はきわめて低い。

それが証拠に、海機五十期卒業七十六人のうち四十二人が戦死で五十五・三パーセントとなり、歴代の期の中で二位。一位は五十期よりさらに戦争間近に卒業した五十一期の九十三人中五十九人、六十三・四パーセントが最高となっている。

昭和十六年三月二十五日、機関学校五十期七十六人が卒業した。入学したときは八十人のクラスだったが、病気その他で四人減っていた。

卒業式のあと、兵学校六十九期三百四十三名、経理学校三十期三十一名と一緒に遠洋航海に出発したが、この年の遠洋航海は、時局のいっそうの緊迫化で前年夏の四十九期のときよりさらに短縮されて約三週間となり、コースも有明湾――厦門《アモイ》――パラオ――横須賀というごく短いものとなった。

また三川軍一中将のひきいる戦艦「山城」以下、重巡「那智」「羽黒」、軽巡「北上」および「木曽」からなる五隻の編成は、少尉候補生の訓練用としてはものものし過ぎるものだったが、フィリピン近海を通ることによって在比アメリカ軍に対する示威行動の任務をも帯びていたのである。だから、例年の練習航海とは大違いの緊張したものとなり、候補生たちの訓練は真剣そのものであった。

しかし、アモイでは中国娘の着る中国服のスリットからのぞく脚の色気にゾクッとし、パラオでは在留邦人のあたたかい歓迎に感激し、それなりに思い出を残した遠洋航海を無事に終えた候補生たちは、四月十九日、練習艦隊とともに横須賀軍港に帰って来た。横須賀に入港したのは、彼ら軍人にとって最高の指揮官である大元帥、天皇陛下に拝謁のためで、少尉候補生たちにとってこの上ない栄誉であり感激であった。

この晴れの日は、同時に、候補生たちにとって別れの日でもあった。この日付で、彼らに正式な艦隊勤務の発令があったからで、各候補生は発令された艦に乗り組むべく急ぎ東京を離れた。

八人のパイロットについていえば、杉野一郎が重巡「三隈」、澤田衛が戦艦「扶桑」、田口俊一が重巡「古鷹」、竹井改一が戦艦「比叡」、蛭澤久也と横手高明が戦艦「日向」、小川武が空母「蒼龍」、宮内賢志が重巡「愛宕」と、それぞれ発令された。

各艦に配乗となった五十期候補生たちのその後の行動はまちまちだが、戦艦「日向」から叔母の北村ますえ宛に出した蛭澤久也候補生の五月四日付の手紙が、その間の動静を比較的よく伝えている。

「その後、元気です。どこにどうしているかは全然申し上げられませんが、元気なことは元気です。卒業後約一ヵ月の練習航海を終えて、先月十九日、横須賀入港、二十一日には上京して晴れの拝謁がありました。その晩、横須賀を出て呉に回港、軍艦『日向』に乗り組み、ほどなく呉を出港して現在某方面におります。

練習航海以来きわめて多忙にて、つい御無沙汰してしまいました。睡眠時間など一日四時間ぐらいしかありません。学校の忙しさの比ではなく、これで身体がつづくかと心配なほどですが、まだまだ機関学校で鍛えた身体は、ちょっとやそっとでは参りません。『日向』は非常に大きな艦で、陸上の街に住んでいるような気がします。伊勢の山奥にいたのではちょっと想像できない生活です。たしかに海の上は広々としていてさっぱりします。きれいな青海原を白波を蹴立てて走るのは、我ながら勇壮な気がします。機械室の当直で汗まみれになった身体を、月夜の微風にさらすときの気持もまた格別です。とにかく元気でもりもり張り切っています。私は『軍艦日向第一士官次室　蛭澤久也』で何でもとどきます。お身体大切に、以上　敬具」

候補生の多忙ぶりがよく伝えられているが、同時に蛭澤が生き生きと艦隊勤務に精励している様子もうかがえる。

五月二十日前後のことであった。瀬戸内海の柱島泊地（錨地）に集合していた連合艦隊各艦の兵科、機関科、主計科各候補生に、山本五十六司令長官から、旗艦「長門」への集合がかかった。

「長門」の後甲板上に、兵科候補生を最前列に、機関科、主計科の順に整列した候補生たちに対し、山本長官は、「日独伊三国同盟締結以来、日米関係がきわめて悪化している。こうした非常の時に第一線部隊に配属される諸士に期待するところ大であり、帝国海軍の将来を担う海軍軍人としての自覚と誇りをもってその職務に精励することを望む」といった趣旨の簡潔な訓示を行なった。

はじめて間近に見る山本長官の姿に候補生たちは緊張したが、また決意を新たにした。

2

六月に入ると、ふたたび連合艦隊の訓練が開始されたが、今度は例年行なわれる前期後期の訓練と違って、対米開戦を想定したものだけに、「月月火水木金金」といわれた訓練にさらに拍車がかかった。

昭和十六年八月九日付で両親宛に出した空母「蒼龍」乗組の小川武候補生の手紙に、そのあたりの様子がうかがえる。

「久しぶりに手紙を書きます。（中略）

艦に乗って三ヵ月、ようやく艦内の様子やら兵隊の名前、生活状態、また機械の構造、操作法にも慣熟し、当直勤務にさしつかえることなく過ごしています。

航海中は夜中にも当直に立たねばならんので、強いてきついことを挙げれば、そのくらいのものです。もう五時間ぐらいの睡眠には馴れてしまいました。しかし、あまり眠れなくとも、やはり艦隊の生活のほうが幾層倍もよきものです。（中略）今日は機関科の会があるそうですが、候補生はまだそのような宴席に出ることは相ならぬとあって、今は筒井と二人で艦に居残りです。まあ仕方がないと思って諦めております。

さて、この八月中にも横須賀に入る予定だと聞いていますから、また久しぶりでお会いできることでしょう。（後略）」

戦艦「日向」の蛭澤の四時間といい、この小川武の五時間といい、睡眠時間を削るほどのきつい勤務ぶりがうかがえるが、二人ともたいしたことはないとして艦隊勤務に張りを感じている様子がうかがえる。

せっかくの宴会がありながら、候補生なるがゆえに艦に居残りとはいささかわびしいが、五十期からただ二人「蒼龍」に乗り組んだ小川武と筒井英冬の運命は険しい。

小川武の手紙から十ヵ月後の昭和十七年六月五日、ミッドウェー海戦で「蒼龍」が沈没して筒井は戦死する。小川武は、それより約一ヵ月前に整備学生になるため艦を降りて難をまぬがれた。しかし、その小川も、のちに飛行機搭乗員となり、筒井より二年半近く生き伸びることができたものの結局は戦死してしまった。

3

候補生たちがそれぞれの乗艦で懸命に勤務をこなしている間にも、世界は戦争拡大に向けて刻々動いていた。

その主なものを挙げると、

五月二十七日 ルーズベルト大統領、国家非常事態宣言。

六月 十四日 日本、蘭印との石油交渉打ち切り。

六月二十二日 独ソ開戦。

七月二十五日〜二十八日 アメリカ、カナダ、イギリス、オランダ四国、日本資産凍結。

七月二十八日 日本軍、南部仏印進駐。

八月 一日 アメリカ、航空燃料の対日輸出禁止。

八月 十四日 チャーチル首相、ルーズベルト大統領大西洋上会談、大西洋憲章発表（戦争目的共同宣言）

これを見る限り、平和への動きはまったく見られず、九月六日に御前会議で、「帝国国策遂行要領」を決定した日本は完全に戦争準備に入った。

「帝国国策遂行要領」とは、「自存自衛のために対米（英蘭）戦争も辞さない決意のもとに十月下旬を目途に戦争準備を完了する」ことを骨子とした決定で、山本連合艦隊司令長官のもとでは、すでに緒戦のハワイ攻撃作戦が練り上げられ、航空部隊も艦隊も実戦を想定した訓練に入っていた。

小川武や筒井の乗った空母「蒼龍」は、ハワイ攻撃部隊の主力に編入されていたし、竹井の乗った戦艦「比叡」は、その空母部隊護衛の大任を姉妹艦の「榛名」とともに担うことになっていた。

「比叡」乗り組みの竹井候補生の昭和十六年六月三日以降の「勤務録」によると、宿毛湾の泊地を出たあと、十一月十二日に横須賀に入港するまでの間、場所を変えながらほとんど休みなしの洋上訓練をつづけている。そんな訓練の合い間にも一週間とか十日ぐらい寄港地に碇泊することがあり、英気を養うことができる。

「比叡」は最後の訓練に向かうまでの十月七日から二十一日の間、佐世保に碇泊したが、その間に竹井候補生から旗艦「長門」の今岡潔候補生に送った手紙がある。

「拝啓、横須賀を出港して本艦艦隊編入以来最大の縦ぶれ、横ぶれに際会して、いやもう気分の悪いこと。当直以外は飯もそこそこに寝てばかりいたという始末。作業地も二、三日で別れを告げ、一路南下してふたたび北上、佐世保着。科長、分隊長級も（佐世保に）家がないこととてサッパリ出ず、我々も行くところがなくて艦内にくすぶっている。

久し振りに渡辺に会ったが、彼は相当に幅を利かしたと見えて、出港に際して、未練が残る。無理もない。ある○○と熱々《あつあつ》という噂。

彼らが出発する前日十三日に水交会で級会。

比叡　竹井、桜井（一郎）

榛名　渡辺（龍生）、八木（亮一）

金剛　安藤（英夫）、桑原（儀八、終わりのころやって来た）

霧島　欠で残念

鋤焼《すき》を五人で十五人前ほど平らげてメイドを呆れさせ、つづいて渡辺の発案によりいいところへ連れて行ってもらう。

もっとも俺と桑原はちょっと遅れたばかりに、手荒く張り切っていた渡辺たちに置いてきぼりを喰ってさんざん探したが見つからず、俺たち二人だけは歩き疲れたという有様で、面目ないこと話にならぬ。あとは桜井の話を綜合した成果ならびに所見であるから、そのつもりで聞かれたい。

行ったところはもちろんある所（ただし門構え、雰囲気については知る限りではない）。

渡辺　立ったり座ったり歌ったり……

桜井　口を緘して語らず。ただし呆然としていたことは確か。

八木　その扱い方、じつに堂に入っていて目をまわしたと。

安藤　ニヤニヤ笑って人を喰ったような顔をしている。まさに底なし沼というところで、いくら飲んでもシレッとしている。彼の親玉である工作長（佐賀教官）に舌を巻かしめたという彼である。

それでも安全に最終定期に間に合った。

ともかく一癖も二癖もある連中とあって愉快だった。いずれ機会を見て再開するつもり。

三S《エス》はみんな健在なり。

近況報告して以上のごとし。

敬具

比叡一次室　竹井改一

竹井たち五十期が候補生の短いジャケットを脱いで長い士官服の海軍少尉になったのは十一月一日だから、この時点ではまだ候補生で、外泊はできない。それでもいっぱしの士官気どりで〝いいところ〟へ行った顚末を書き綴っているが、お堅い竹井が、今岡にそのことを報告しているのがおもしろい。

竹井と桜井が乗っていた戦艦「比叡」は、僚艦の「金剛」「榛名」「霧島」とともに戦艦部隊である第一艦隊の第三戦隊を形成していた。これら四隻は、その高速を生かして太平洋戦争でもっとも活躍した日本の戦艦であるが、開戦の第一撃時にはハワイ作戦に第一小隊の「比叡」「霧島」、南方攻略作戦には第二小隊の「金剛」「榛名」と、それぞれ分かれて行動することになっていた。

このあと十一月末から十二月はじめにかけての出撃まで、各小隊ごとの最後の訓練に出港するので、まだそれと知らされてはいなかったものの竹井たちにとっては、いわば出陣前の別れのクラス会となったわけだ。

竹井たちが佐世保で出陣前のクラス会を開いてから五日後の十月十八日、第三次近衛内閣に代わって東條英機大将を首班とする新内閣が発足し、対米交渉はいよいよ最終ステップに入った。

野村吉三郎駐米大使とハル国務長官との会談は、すでに回を重ねたが暗礁に乗り上げ、十一月十七日には新たに来栖三郎大使を送って会談の打開を図ろうとしたが、アメリカ側はこれを単に日本側が戦争準備のための時間かせぎとしか見なかった。

日本側の外交電報は、アメリカ側にすべて傍受されて解読されており、もはや交渉妥結の望みは失われていたのである。

十一月二十六日、アメリカはいわゆるハル・ノートと呼ばれるハル国務長官の提案を日本側に提示して来たが、それは日独伊三国同盟からの離脱、中国大陸からの全面撤兵、満州国を認めないなど、両国間でこれまで進めてきた妥協案を一切無視する厳しいもので、とうてい日本側の容認し難い内容だった。日本に戦争をしかけさせるための策略ともいうべきハル・ノートに、日本はまんまと引っかかり、十二月一日の御前会議でアメリカ、イギリス、オランダに対する開戦を決め、さらに翌日、作戦開始日を八日にすることも決まった。

ハワイ攻撃部隊は、すでに十一月中旬以降に行動を開始していたが、戦艦「比叡」乗り組みの竹井改一候補生の「勤務録」によると、十一月十九日一一五五《ヒトヒトゴーゴー》（午前十一時五十五分）木更津沖出港、十一月二十二日一二二八《ヒトフタフタハチ》（十二時二十八分）単冠《ヒトカップ》湾入港となっている。単冠湾は北方領土で日ソ交渉の焦点の一つとなっている択捉《エトロフ》島にあり、企図を秘匿するため、各基地からバラバラにやってくる攻撃部隊艦船の集結地になっていた。そして十一月二十六日〇八二三《レイハチフタサン》（午前八時二十三分）、山本五十六連合艦隊司令長官の命によって「赤城」以下空母六隻を基幹とする機動部隊はハワイに向けて出港した。

また同じ十一月二十六日、約五万の兵員をのせていると思われる一万トン級の十～十三隻の船団が、台湾南方を航行したというアメリカ陸軍情報が、ルーズベルト大統領に伝えられた。これはマレー、シンガポール攻略の前進基地となる海南島三亜港に向かう山下奉文中将麾下の陸軍部隊を運ぶ輸送船団で、ハル・ノートが日本側に手交された昭和十六年十一月二十六日は、期せずして日米開戦の秒読み開始の日となった。

これより先、五十期の機関科候補生たちは十一月一日付で少尉になった。

少尉に任官すると、はじめて正式の海軍士官となる。当時でいうと奏任官の身分となり、軍服もジャケットの制服からすその長い士官服に変わる。俸給もふえ、外泊もできるし、女性とも大っぴらにつき合えるようになる。盆と正月がいっぺんに来たようなといいたいところだが、日増しにつのる対米開戦の危機や連日の激しい訓練などで、とても浮いた気分などにはなれず、むしろ彼らは強い緊張感をつのらせていたのである。蛭澤久也少尉が叔母北村ますえへ宛てた十二月六日付の手紙に、その辺の気持がよくうかがえる。

「その後お変わりありませんか。

私もきわめて元気でやっております。去る十一月一日付で少尉に任官しました。上衣も長くなって本当の一人前になったわけです。

米国との具合がよくないようですが、いよいよ、私たちの出る時期が来たのかもしれません。ずいぶん長い間聞き慣らされて来た非常時という言葉の意味が、やがて痛切に感ぜられるようになることと思います。

日一日と変わる世界の動きが、私たちの身体に刻々の緊張度を加えます。いや、反対に私たちの動きが世界の情勢に影響しているらしく思われます。

実際、太平洋の真ん中で大活劇が演ぜられることを思うと血が躍ります。アメリカの艦なんか粉微塵に叩きつぶしてやります。その日を待っていて下さい。（後略）

十二月六日　　久也（呉局気付軍艦日向一次室）」


まだ戦争の恐さも悲惨さも知らない新前少尉の気負いが文面の端々に感じられるが、蛭澤少尉の乗った戦艦「日向」は、ハワイ攻撃にも南方攻略にも参加せず、十二月八日の午後になってやっと錨を揚げて柱島を離れたに過ぎなかった。

ともあれ、五十期の新任少尉たちは、それぞれの乗艦の任務にしたがって、広い太平洋のあちこちに巣立って行ったのである。

第二部　霞ヶ浦の空

第三章　軍人の宿命

1

昭和十六年十一月二十六日〇八二三単冠《ヒトカップ》湾出港、同十二月八日布哇《ハワイ》奇襲、十二月二十三日〇八二八厳島沖入港。これをカッコでくくって布哇作戦、と竹井改一少尉の「勤務録」ではなっている。あのハワイ大空襲もたったこれだけになってしまうのだ。

単冠湾を出て十三日目の十二月八日未明、ハワイ北方二百三十カイリに達した「赤城」以下六隻の空母から発進した第一次攻撃隊百八十九機は、現地時間でいうと、時差の関係で日曜日にあたる十二月七日午前七時四十九分に攻撃を開始、一時間後には第二次攻撃隊百七十一機も発進して反復攻撃を加えた。

静寂だった日曜日の朝の夢は破られ、真珠湾軍港一帯は修羅場と化した。はじめは自国の飛行機による演習かと思っていたのが、やがて本物の空襲であることを知って驚愕し、あわてて「真珠湾攻撃さる、演習に非ず」と各方面に打電する有様で、完全な奇襲成功だった。一次、二次合わせて約一時間四十五分にわたる航空攻撃の結果、戦艦八隻を含む十九隻の艦船を撃沈破したのをはじめ、航空機多数と地上施設にも大きな損害をあたえ、アメリカ海軍の戦死傷者は三千八百名近くにもなった。

残念だったのは、真珠湾を出港していた空母を撃ちもらしたことぐらいで、戦艦の主砲の撃ち合いによる艦隊決戦を夢見ていた日本海軍（アメリカ海軍も真珠湾を攻撃されるまではそうだったが）にとっては充分すぎる戦果であった。

ドックを含む港湾施設や石油タンクなどを無キズで残したことが後にとやかくいわれているが、少なくともこの時点では戦艦八隻撃沈破（うち六隻はその後、修復して戦列に復帰）のほうが、日米双方にとって大きな意味を持っていたはずである。

機動部隊によるハワイ攻撃の報は、十二月八日午後一時の、「帝国海軍は本八日未明、布哇方面米国艦隊並びに航空兵力に対する決死的大空襲を敢行せり」という大本営発表にはじまり、その戦況発表は、四回、十日間にわたったが、そのたびに増加する戦果に国民は熱狂した。現に十二月十九日の新聞の一面は、戦艦九隻を撃沈破、巡洋艦八隻、敵機五百壊滅、特殊潜航艇、真珠湾に決死突入、米太平洋艦隊全滅などの大活字で埋めつくされ、日本中が興奮につつまれた。

奇襲成功の可能性は五分五分で、成功した場合でも勝ち味は七分で、わが方の損害は三分というのが作戦部の見積もりだったが、これだけの大戦果をあげた上に、わが方の損害は飛行機二十九機と特殊潜航艇五隻、戦死約百名というのだから、もうこれは日本海海戦以来の大勝利だった。

しかもこの間に、十二月十日の海軍航空隊によるイギリス戦艦「プリンス・オブ・ウェールズ」および「レパルス」撃沈の発表が加わり、国民の熱狂は倍加した。

ハワイ空襲で大戦果をあげた殊勲の機動部隊は、十二月二十三日の夕刻、瀬戸内海に戻ってきて、明くる二十四日、呉に入港し、一月六日まで在泊した。

一戦争終わって、それも大勝利をおさめて帰って、年末から正月にかけての休暇という、この上ない巡り合わせに、艦隊のだれもが〈海軍に入ってよかった〉という思いを強くし、半年後に早くも訪れるミッドウェーの敗戦など思いもよらないことであった。

日本中が戦勝に沸いていたが、とくに軍港の街のそれは一段と盛んで、海軍レスの芸者たちがハワイ攻撃の将士には無料で貞操をサービスする、というような話も伝えられた。

呉から小川武少尉が父あてに出した一月七日付消印の手紙は、昂揚した当時の心境と一般国民の様子をよく伝えている。

「すでに御承知のごとく、ハワイ海戦の幕は我々の手によって切って落とされたのであります。それまでにおける苦心はどうか御想像下さい。しかして十二月八日、弦月のまだ淡く残る海上をハワイ真近く突進し、攻撃の火蓋を切った我が海鷲の戦果は、あのような嚇々たるものだったのです。まさか我々の手によって日米開戦になるとは思いもかけませんでした。攻撃が終わったあと、つづいて起きた敵飛行艇の追撃、潜水艦の襲撃に緊張しながら後退したときの事ども……。それよりも車輪を射抜かれて帰って来た我が飛行機が着艦することもならず、艦の周囲をまわって海上に不時着するなど、じつに悲壮そのものでした。

ハワイ攻撃後、ウエーキ島攻略戦に参加し、武勲嚇々として帰還しました。時にこれ十二月下旬、そして内地に帰ってゆっくりお正月を迎えることができたのも天の加護、皆様方の熱誠の賜と深く感謝しております。この上はいよいよ心を引き締め、健康に留意して粉骨砕身外敵に当たり、上宸襟を安んじ奉り、下日本国民を泰山の安きに置く覚悟です。（中略）

やはり海軍は強い、さすがは海軍だというような声を聞きますと、本当のところひどく嬉しく、これら皆様の御期待に対しても十分報いるべく努力するつもりです。（中略）

大東亜戦の緒戦におけるハワイ大空襲、マレー沖における英極東艦隊撃滅、香港占領、フィリピン占領、マレー攻略など、その英米にあたえた打撃はじつに甚大でありますが、相手は名にし負う大国アメリカ、イギリスであり、かならず反撃してくるはずです。今後、幾多の困難、苦難が待っていると思いますが、もとより覚悟の上です。幾多の作戦行動に参加するにしたがって、いついかなるところで戦死するかも知れませんが、とにかく、いま死ぬことができれば真に死処を得たというべく、満足して死んで行けます。いままで、あまり孝養をつくすこともなく、お手数ばかりおかけしてすまないと思っておりますがお許し下さい。

（中略）

久しぶりに上陸すると、やれクラス会とかガンルーム会とかいって宴会が多く、料理屋にもいままでに三、四回行きました。行っては酒を飲み、歌を唄って踊ったりして英気を養っております。海軍軍人の行く料理屋は通称『レス』といって、そこに来る芸者（エス）もネイビーエスばかりで本当に家庭的気分がします。

ハワイ空襲の映画は見物致しましたが、短いものですが大変評判らしいですね。（後略）」

全国民が狂喜したハワイ攻撃作戦に参加した興奮覚めやらぬといった趣きで、まるで子供が自分の手柄話を父親に報告しているような気負いが感じられてほほえましい。

彼は死に対する心構えについても書いているが、これは目前で見たであろう戦死者の水葬から軍人の宿命に思いいたったものであり、これから六ヵ月後に彼の乗艦だった空母「蒼龍」が遭遇した凄惨な戦いの現実からはほど遠いものであった。

このハワイ攻撃に参加した五十期のメンバーは、

「赤城」　久保庭保明、古田運平
「加賀」　万膳弘道、宮崎篤躬
「蒼龍」　筒井英冬、小川武
「飛龍」　牧田国武、萬代久男
「翔鶴」　中俣清
「瑞鶴」　徳矢晋一
「比叡」　亀井菊雄、桜井一郎、竹井改一
「霧島」　寺本了、古垣博彬

の各少尉であるが、彼らもまた小川武と同様に、実際に敵と戦闘を交えることなく帰還しているから、初陣の興奮はあったものの、まずは戦争の雰囲気に慣れるための格好の機会であったといえる。

ハワイ攻撃の大戦果で緒戦を飾った機動部隊は、年末年始の休暇、および休養を過ごした後、昭和十七年一月八日、柱島沖を出港し、ラバウル攻略、ポートダーウィン攻撃、ジャワ攻略、セイロン島攻撃と、太平洋からインド洋にかけて暴れまわり、四月二十二日、内地の母港に帰還した。ここで竹井少尉の乗った「比叡」は、次の作戦に備え、二日後の四月二十四日に横須賀第五ドックに入渠した。

これより先、長崎の巨大な三菱ドックで、六万五千トン、四十六センチ砲九門という世界最大の戦艦「武蔵」が、仕上げの最終段階である艤装を急いでいた。この段階になると、乗り組むべき士官も発令され、艤装員としてやってくる。艤装員というのは、将来自分が乗るフネの使い勝手や居住性など細かいところをチェックしたり、注文をつけたりする役目で、「第二号艦艤装員を命ず」(二号艦は「武蔵」の略号で、「大和」が一号艦)の辞令で、五十期からも四人の機関少尉が着任した。

「陸奥」の鹿間郁男、「長門」の中嶋忠博、「伊勢」の中村胤敏、「日向」の蛭澤久也で、これらの戦艦は、瀬戸内海の柱島泊地に錨を下ろして、ほとんど実戦に出なかったところから、柱島艦隊などといわれていた。だから髀肉《ひにく》の嘆をかこっていた彼らにとって、この転任は願ってもないことだった。

発令が三月十日とあって、折もよし、これから四月、五月のもっとも華やかな季節を陸上で過ごせるのだから、彼らにはまさに我が世の春であった。第一線で戦う勇壮な海軍の活躍は、毎日のように報じられ、小川武も手紙に書いているように、海軍軍人のモテモテぶりは大変なもので、なかでも貴公子然として、女性を思わせるようなハンサムボーイの蛭澤のそれは群を抜いていた。

「(蛭澤は)着任した当初、長崎の有名なカルルスとよばれる家を宿舎とし、庭に咲きほこる桜の花のトンネルを毎朝毎夕通って、坂の多い街を颯爽たる英姿をもって造船所へと通勤していた。行き交う美しい女性たちのまなこに見つめられながら……。しかし、後顧の憂いを残すことをおもんぱかってか、あるいは来たるべき決戦への覚悟からか、これらの女性たちに一顧だにすることはなかった。そのかわり彼は酒を愛し、花をめでていた。長崎諏訪神社の長い高い石段の下の入口にある富貴楼へ『四月の一ヵ月間に二十日以上行った』と彼が語っていた一事をもってしても、十分にそのころの彼の様子がうかがわれる。というのも、その楼の女主人(海軍バアサンと称せられていた)は全霊的(全身のほうはもう役に立たなかった)サービスを彼のために惜しまなかったからである。

その海軍バーサンが私につくづくいった。

『蛭澤さんて本当によいお人だ。いままでにいろいろな海軍士官を見てきたけれども、蛭澤さんのようによいお酒飲みははじめてだ。それに蛭澤さんは悪いことは何ひとつしないで、これから第一線に送り出してしまうのは本当にもったいない気がする』と。

牡丹の鉢がところ狭しと置かれた廊下に囲まれた高楼の広間で、彼は静かに語ったり、唄ったりしながら、酒をたしなみ、終始ニコニコしていた。だから、彼と一緒に富貴楼に行くと、その家にいる女性たちが何のかんのといいながら彼の部屋に集まってきたものだった。いまでも目の前に、当時のはなやかな女性と美しいボタンとに囲まれて、静かに微笑んでいた彼の姿が浮かんでくる」

蛭澤が酒を飲んでも少しも乱れたり暴れたりしなかったのは、彼の温厚な性格に加えて家系的に代々酒が強かったことにもよる。それにしても、選りどり見どりのお花畠に入りながら、その花を手折ることをしなかった蛭澤少尉の胸のうちは、果たしてどんなものであったろう。

その後、艤装を終わった「武蔵」は、瀬戸内海での約三ヵ月の試運転、および訓練をへて艦隊に編入され、鹿間、中村、中嶋の三少尉は、八月一日付で正式に「武蔵」乗り組みを命ぜられたが、蛭澤だけは整備学生となるために七月十日付で横鎮付となり、「武蔵」を降りた。この四人の二号艦艤装員のうち、のちに蛭澤と中村が戦死したが、この二人については後述する。

2

「武蔵」艤装員の蛭澤たちが、長崎や佐世保で華麗な陸上生活を送っていたころ、連合艦隊は新しい作戦に向けて大掛かりな準備を進めていた。

その作戦とは日本海軍が艦隊の全力を挙げて戦うミッドウェー攻略作戦であったが、その前に思わぬ齟齬が待っていた。

日本軍の基本作戦計画では、まずマレー半島やフィリピン、ジャワ、スマトラ、ボルネオを占領し、さらにソロモン群島の一角に拠点を築くことにより、南方地域を日本の勢力権下に収め、第二段階としてこの占領地域の防備を固めて敵の来攻に備えることになっていた。

ところが、第一段作戦の目標があまりにも早く達成されてしまったため、欲が出た。戦線整理のために計画どおりの線にとどまるのはもったいない。思いのほか敵の力は弱いから、もう少し占領地域を拡大しようと考えた。いったん火蓋を切ってしまうと、止まることが難しいのが軍隊なのである。

このことは、劣勢な日本艦隊が敵艦隊の来攻を待って邀撃するという大本営の方針に反対だったといわれる山本五十六連合艦隊司令長官の希望とも合致した。緒戦の勝利によって得た有利な状況に乗じて積極的に攻勢を持続して敵の痛いところを衝き、敵にたちなおる余裕をあたえぬようにしなければ、国力の貧弱な日本が大きなアメリカに勝てるはずがない、というのが山本の考えであった。

戦後、防衛庁の戦史室が調査したところによると、連合艦隊は昭和十七年の十月ごろにはハワイを占領したいという希望があり、ミッドウェー作戦は、それまでのつなぎとして計画されたものであったという。つまり、攻勢持続方針の一環に過ぎなかったのである。

そしてミッドウェー作戦の前に、もう一つの重要な作戦が実施されることになり、間接的にではあるが、これがミッドウェー作戦に大きな影響をおよぼす結果となった。そのもう一つの作戦とは、ニューギニア南岸の要衝ポートモレスビーの占領で、オーストラリアを孤立化する一連の作戦の皮切りとして実施された。

「MO作戦」とよばれたこの作戦には、陸兵をのせた輸送船団をともなった攻略部隊と、機動部隊本隊とからなり、攻略部隊には「祥鳳」、本隊にはハワイ攻撃以来歴戦の「翔鶴」「瑞鶴」、合わせて三隻の空母が参加した。ポートモレスビー攻略の日本軍の企図を阻止すべく、アメリカ側は空母「レキシントン」「ヨークタウン」を、重巡八隻、駆逐艦十二隻で護衛した機動部隊を出動させ、史上初の空母対空母の決戦が五月七日、八日の二日にわたって展開された。

ソロモン群島とニューギニア西部、そしてオーストラリア東北岸に囲まれた海域――珊瑚海で行なわれたこの戦闘（珊瑚海海戦）の初日、日本側の空母「祥鳳」が沈没し、乗り組んでいた田中豊少尉が五十期で最初の戦死者となった。

以下、沈没した「祥鳳」と行動をともにしていた重巡「古鷹」乗り組みの吉村幹男（大阪市東淀川区在住）が体験したこの海戦の回想である。もちろん、彼の配置は機関科指揮所で艦内深いところにあって、外で行なわれた戦闘は目撃していない。

「天長節（注、四月二十九日、昭和天皇誕生日）が終わって、わが戦隊はつぎの行動に移った。六戦隊は第一小隊が『青葉』『衣笠』、第二小隊が『加古』『古鷹』で、そのまん中に『祥鳳』が艦の両側に二本ずつある通信用のマストを海側に水平に倒して離着艦作業をやっていたことが、いまでも眼前に彷彿する。〈あの、機関科指揮所か事務室には田中君がいる〉と意識しながら眺めたものであった。そして五月七日（木）、ついに珊瑚海海戦の日がやって来た。

当時、私の戦闘配置は、もちろん機関長のそばの機関科指揮所であるが、我々の『古鷹』にも、『本艦めがけて敵の雷撃機がやってきた』と高声令達器が伝えた。一秒……二秒……本艦は高角砲を発射した。恐ろしいとは思わなかったが、つぎに何がおこるかと真剣に身がまえた息づまる瞬間であった。

『敵機撃墜』、やっと我にかえったという感じで、このあと艦橋からは何もいってこなくなった。いままでは盛んに射撃もし舵もとったが、いまは何だか不気味に静まりかえり、ただタービンが高速のうなりをたてているだけだった。おかしいと思いながらしばらくすると、対空戦闘から警戒航行に移った。ガンルームへの帰途、艦橋から降りてくる連中に会ったが平素に似合わず土気色の顔をして何一つ話さない。よくよく聞いてみると、『やられた！』と吐き棄てるようにいった。『祥鳳』が轟沈したというのだ。『えっ』と、それはまったく心臓が止まる思いだった。

いままでの勝ち戦さにくらべ、航空母艦という帝国海軍で初めての大艦の被害、それと同時に身近なクラスメートの安否に非情な戦闘の現実を知った。聞けば、爆弾の一つが舵に当たって操舵不能になったところに魚雷が多数命中し、水柱が鎮まったころには轟沈で艦影が見えなかったという。沈没位置南緯十度二十九分、東経百五十二度五十五分である。〈田中がいる。助かってくれればいいが……。

だが、機関科員はおそらく全員だめだろう〉と思った。かくして田中君はわがクラスの壮烈な戦死第一号となったのである。

四隻で母艦『祥鳳』を囲んで進んでいた重巡戦隊が、真ん中の母艦を沈められたのは返す返すも痛恨事であった」

五十期の最初の戦死者となった田中豊は、武運に恵まれなかった。県立青森中学出身の田中は、クラスメートたちが機関学校を卒業してすぐ華の候補生として、苦しいけれども希望に満ちた艦隊勤務の日々を過ごしていた間、健康を害して陸上の海兵団勤務であった。病がいえて待望の艦隊勤務につくことができたのは半年以上も遅れた昭和十六年の末であった。したがって少尉に任官したのも、同期より五ヵ月近く遅い昭和十七年三月十六日だった。

彼が乗った空母「祥鳳」は、潜水母艦「剣崎」を改造した一万トンあまりの小型空母で、それまでは、二回ほどラバウルへの飛行機輸送に従事しただけであり、実際の戦闘に参加したことはなかった。最初の、そしてただ一度の戦闘で沈没した、これまた不運な空母だったが、その仇は翌八日の戦闘で機動部隊本隊の「翔鶴」「瑞鶴」が討ってくれた。

この日、敵空母「ヨークタウン」および「レキシントン」との正規空母同士の対決で、「レキシントン」沈没、「ヨークタウン」大破のアメリカ側に対し、わが方は「翔鶴」が飛行甲板に被弾して発着不能となっただけだった。

この二日間にわたる珊瑚海海戦を総括すると、双方傷み分けか日本側にやや分があったかに見えるが、有名な『モリソン戦史』にはつぎのような見解が示されている。

「五月七日（注、日本時間では八日）こそは、太平洋戦史上に新しい、より輝かしい一章を開いた日である。連合国軍が、その前進の第一歩を踏み出す時期が、ついに到来したのであった。この海戦でアメリカ海軍は、珊瑚海で重要な戦略的勝利をおさめたが、日本軍にとっては単に戦術的勝利に過ぎなかった。日本の主要目的であったポートモレスビー攻略は、この海戦の結果、阻止されたからである。

珊瑚海海戦はなんといおうと、それはじつにミッドウェー海戦の前哨戦であった。日本軍空母の一隻（注、『翔鶴』をさす）は甚大な損傷をこうむったため、一ヵ月間も艦隊に復帰することができなかったし、他の一隻（注、『瑞鶴』をさす）はその搭載機の損失のため、同艦がアリューシャン方面に出動した六月十二日まで約一ヵ月、戦闘に参加できなかった。もしこれら二隻の空母が熟練した搭乗員をのせてミッドウェー海戦に参加していたら、この両航空母艦こそ、勝利を得るに必要な余裕をもたらすことができたと思われる」

「祥鳳」はともかくとして、「翔鶴」「瑞鶴」がミッドウェー海戦に参加できなかったマイナスは、モリソンが指摘しているようにきわめて大きい。

しかもアメリカ側は、損傷した「ヨークタウン」を、真珠湾の海軍工廠でわずか三日という、信じられないようなスピードで修理し、ミッドウェー海戦に間に合わせたのである。ハワイ攻撃で戦艦や飛行機ばかりを狙って軍港内の修理施設を無キズで残したツケが、大きくはね返ってきたともいえる。

3

昭和十七年四月十八日、日本近海に忍び寄った空母「ホーネット」から発艦した十六機のアメリカ陸軍爆撃機が、東京はじめ日本各地を空襲した。それまで不敗を誇り、神州が敵に冒されることはないと信じていた戦争指導部や一般の国民には衝撃ではあったが、実際の被害はたいしたものではなく、むしろアメリカが自国民の士気を鼓舞するための〝スタンドプレー〟に過ぎないものであった。だから、これによって若干実施の時期が早められたということはあったにしても、指揮官ドーリットル中佐の名を冠して「ドーリットルの東京空襲」として知られるこの日本本土初空襲が、山本長官の責任感を刺激し、これがミッドウェー作戦の動機となったというのは誤りで、それ以前にすでに実施が決定されていたものである。

この作戦は、日本海軍の水上兵力のほとんどを注ぎ込み、一部をもってアリューシャン攻撃に向かうほかは、艦隊主力の大部分はミッドウェーに指向されていた。

ミッドウェー攻略部隊は、「赤城」以下四隻を基幹とする機動部隊、陸戦要員約五万名をのせた大輸送船団とその掩護部隊からなるミッドウェー占領部隊、そして山本長官直率の主力部隊という三つの部隊に区分され、これに警戒部隊として潜水艦を合わせると、総数二百隻近い大兵力であった。しかし、肝心の機動部隊は、珊瑚海海戦の後遺症ともいうべき「翔鶴」「瑞鶴」を欠いた四隻の空母だけで、護衛も戦艦「榛名」「霧島」、重巡「利根」「筑摩」、軽巡「長良」と駆逐艦十二隻という、出動した全兵力にくらべるといささか手薄なのが気がかりだった。

美しい珊瑚礁に囲まれたミッドウェー島の北方海域で、戦慄すべき戦いが起きたとき、「大和」「陸奥」「長門」以下の強力な主力部隊は、機動部隊の後方はるか約三百カイリ、航程にしてまる一日もかかるところを悠々と航行していたのである。

この作戦に参加した五十期出身者は、そう多くない。なぜなら、第一段作戦が終わった時点で艦隊乗員に大幅な配置変えがあり、五十期からもほかの艦船に移ったり、整備学生や潜水学生になったりしてかなりの移動があったからだ。

ミッドウェー作戦の主役ともいうべき機動部隊からも、「赤城」の古田運平、「加賀」の宮崎篤躬、「蒼龍」の小川武、戦艦「霧島」の古垣博彬各少尉が整備学生に、「加賀」の万膳弘道少尉が潜水学校に、「飛龍」の牧田国武少尉が空母「隼鷹」へとそれぞれ転出していった。

この結果、五十期は各艦に一人ずつ、「加賀」のごときはゼロになった。機関学校出身者は、兵学校と違って数が少ないうえに飛行機整備のほうにもまわさなければならなかったから、引っ張りダコだったのである。

そして、六月五日から六日の二日間にわたって行なわれたミッドウェー海空戦で、まず空母「蒼龍」の筒井英冬少尉が戦死した。この戦闘で日本海軍は旗艦「赤城」以下の空母四隻と多数の乗員および航空機を失ったが、悪夢のようなそのときの状況を、空母「飛龍」の萬代久男少尉はつぎのように語る。

「それまで『征くところ敵なし』という連戦連勝であったが、虫の知らせか、こんどは出港のときから何か不吉な予感があった。敵情もくわしいことはわからないまま、また『勝って兜の緒を締めよ』といいながら、全将兵はいままでの戦勝にうかれているような状態でミッドウェー海域に突入したのだった。

果たせるかな、未明から猛烈な敵の空襲を受け、われわれは一歩も機関室を離れる暇がない。すなわち対空戦闘の連続なのだ。『飛龍』も何発かの至近弾を受けてかなり被害を受けたが、戦闘航海に支障はなく機関は快調であった。正午ごろ、しばらく敵襲の合い間があり、ホッとしているところに、応急員として応援に出していた下士官や兵が顔色を失って帰ってきていうには、『「飛龍」を除く三隻の空母は全部やられて炎上中』とのこと。『馬鹿なことをいうな』と、私は思わず声を荒げたが、『本当です』という。

気になったので機関長に、『各部を見て来ます』とウソをいって飛行甲板に出た私は、そこに展開された惨憺たる光景に息をのんだ。ちょうど南雲長官以下の司令部が旗艦『赤城』から軽巡『長良』に移乗するところで、その『赤城』たるや全艦紅蓮の炎につつまれて格納庫の爆弾や魚雷の誘爆物凄く、『加賀』は水平線の彼方に艦体は見えず、煙のみが大噴煙のように千メートルの高さまで立ちのぼっていた。

同じ第二航空戦隊の『蒼龍』はと見れば、至近の位置に停止して、艦体はやや左に傾き、艦首から艦尾までもうもうたる白煙につつまれている。私はしばし呆然としたが、筒井の奮闘を祈り、『蒼龍』の被害克服を念じながら、急いで機関科指揮所に引き返した。しかし、私の乗った『飛龍』もやがて日没直前に敵急降下爆撃機の攻撃を受け、言語を絶する修羅場となった。他の三艦も、ついに起死回生の機会を得なかったが、『飛龍』も機関科のわれわれを取り残したまま味方処分される運命になった」

「蒼龍」で戦死した筒井英冬少尉（戦死後、中尉）と「飛龍」の萬代は、練習航海直後にそれぞれ配属となり、ともに機関長付のポストにあって開戦前からつねに一緒に行動をし、互いに助け合い、かつ競い会った仲であった。

東京開成中学出身の筒井は、「鼻っ柱の強い江戸っ子で、振動数の高い、すきとおった声と、小さいが〝全身これ剛毅〟といった短剣姿で歩いていたのがとくに印象的」だったと、戦艦「霧島」から機動部隊空母群の最後を目撃した寺本了は語っている。しかし、他の多くの戦死者同様、五十期二人目の戦死者となった筒井自身の最後についてはだれも知らない。

四隻の空母のうち最後まで残った「飛龍」は、被爆して大きな被害を受けたものの、沈まず、夜に入って総員退去命令が出た。

「暗黒の太平洋上で紅蓮の炎につつまれて燃えさかる中、阿鼻叫喚する『飛龍』と、収容した乗員の光景などが、いまも鮮烈に耳目の中に生きている」と寺本は語るが、「飛龍」はこのあと駆逐艦「巻雲」の雷撃によって沈没した。山口多聞司令官と加来止男艦長が退艦を断わり、艦と運命をともにしたことは軍人の亀鑑として広く伝えられたが、じつは「飛龍」にはもう一つのドラマがあった。

だれもいないと思って味方駆逐艦が〝撃沈〟した「飛龍」には、じつは百名近い機関科員が、電池電話が不通となって艦橋との連絡が途絶えた結果、全員戦死したものとみなされたまま艦底に閉じ込められていたのである。

敵の攻撃が収まったあと、艦内の誘爆も下火となり、静かになったとき、突然、大爆発があり、それから必死の思いで隔壁に孔をあけて脱出、このうち四十名近くが沈む「飛龍」が起こす渦に巻き込まれずに生き残って、たった一隻残ったカッターで生に望みをかけた漂流を開始した。

二週間と一日の漂流の後、生き残った機関長相宗邦造機関中佐以下三十五名がアメリカの旧式駆逐艦「バラード」に救出された。それから後、故国の土を踏むまでの彼らの苦闘については、平成二年七月一日刊行の「別冊文藝春秋」第一九二特別号にのった澤地久枝「生還・もう一つのミッドウェー海戦」にくわしいが、悲劇は最後の空母「飛龍」が沈んだあともなおつづいた。

六月五日から六日朝にかけて四隻の空母を失ったことを知った連合艦隊司令部は、占領部隊をのせた輸送船団を掩護していた第七戦隊の重巡「最上」「三隈」「鈴谷」「熊野」に対し、ミッドウェー砲撃を命じた。だが、攻撃地点到着直前に命令が変更され、反転して航行中に「三隈」と「最上」が衝突し、戦場に取り残された両艦は六日と七日の両日にわたって敵機の集中攻撃を受け、「最上」は辛うじて脱出したものの「三隈」は最後を確認してくれる僚艦のないまま、水深五千メートルの海底に沈んだ。

この「三隈」には、五十期ではただ一人山田俊男少尉（戦死後、中尉）が乗っていたが、栃木県立宇都宮中学出身の山田については、「頭が大きく何かしらゴツイ感じの偉丈夫で、声の大きさも格別。反面、茶目気もあって人気さくさく。剣道をやったときの打ち込まれた面、小手の痛さは格別だった」と寺本は回想する。

そのゴツイ感じのよって来るゆえんは、機関学校時代のクラス会誌に自分自身で書いた「俺の名物顔面中央の獅子鼻」にあったらしい。彼は五十期三人目の戦死者となったが、整備学生に行くためミッドウェー出撃前に「三隈」を退艦した杉野一郎少尉は、「俺は下りて助かり、山田は残って死んだなあ」と深く嘆息した。

「三隈」と衝突した僚艦の「最上」にも、五十期四人目の戦死者となる多田三郎少尉が乗っていた。衝突で艦首をもぎ取られた「最上」は、敵機の攻撃をかわしながら、後進でトラック島までの遠路を航行して帰還するという離れ業をやってのけたが、日本海軍でも例のない長航程の後進運転による「最上」の生還は、機関長付として機関長を助けてよく働いた多田少尉に負うところが大きかった。

ミッドウェー海戦から帰還した多田少尉は、その後、新造の駆逐艦「高波」乗り組みとなり、「三隈」の山田少尉の戦死から半年後の昭和十七年十一月末、ガダルカナル攻防戦に出撃して戦死した。

「彼と最後に会ったのは、ミッドウェー海戦が終わり、『瑞鶴』の艦上で南雲長官中心の戦闘報告があった後、私が乗っていた重巡『愛宕』の機関長が『最上』の機関長を訪問しよう

ということで、私が随行したときであった。『愛宕』機関長としては、ミッドウェーで

『最上』が傷つきながらよく危機を脱して帰還したので、同期の機関長の労をねぎらう意味であったろう。晴れた初夏の海風に吹かれながら甲板上で機関長を囲み、大きな戦闘が終わった後の安堵の中の短時間の談笑であったが、それが彼の見納めであった。機関科指揮所における毅然とした彼とは違った、平和で素直な笑顔がそこにあった」

のちに「愛宕」から駆逐艦「照月」に変わり、ガダルカナルで多田と同様、艦を沈められながらも生還した清水通の多田追憶である。

県立徳島中学出身の多田三郎は、「むかしの武将でいえば源義経か」(清水)というほどの美丈夫であったが、機関学校生徒時代の昭和十四年四月四日、「四」の字ばかりがつづく日に父を失った多田は、海軍中尉になってわずか一ヵ月後に亡き父の後を追った。

第四章　整備学生から飛行学生へ

1

「私もその後、武運に恵まれ、元気に海上生活しておりますゆえ御安心下さい。さて、一昨日、内報が参りました。五月一日付をもって、海軍練習航空隊整備学生を命ぜられましたゆえ、それまでに内地に帰還する予定です。学生として追浜航空隊に入隊して約八ヵ月間、学生生活を送れるわけです。この大東亜戦争の最中に、内地で十分勉強できるのだと思いますと、非常に有難くなります。三月二十五日をもって海上生活一ヵ年になりますが、実にいろいろな経験をしたことで貴重な一年間だったと思います」

ミッドウェー海戦で戦死した筒井英冬少尉と同じく空母「蒼龍」に乗っていた小川武少尉が、昭和十七年三月の終わりころ、横浜の父あてに出した手紙である。

小川武と一緒に整備学生を命じられたのは、澤田衛、田口俊一、宮内賢志、杉野一郎ら五十期十六名に四十八期三名、四十九期六名の合わせて二十五名で、横鎮（横須賀鎮守府）付の発令は田口、杉野が四月一日、宮内が同二十日、小川と澤田が同二十五日となっている。

これは乗艦がいずれも作戦行動中で、その帰港日時がまちまちであったせいと思われる。

いずれにしても、小川武が書いているように八ヵ月は戦地に出ずに勉強できるので、ひとまずこの間の生命は保証されたことになる。現に二ヵ月後には小川武が下りた空母「蒼龍」と、杉野一郎が下りた重巡「三隈」が沈み、一緒に乗っていた「蒼龍」の筒井英冬と「三隈」の山田俊男が戦死している。

整備学生になった動機はさまざまだったが、その中には、軍令承行令に対する反感もあった。指揮系統がたとえ階級が上であっても、機関科士官の序列は兵科の下になるということが面白くないので、それならいっそ航空整備のほうに変わり、あわよくば飛行機乗りになってやろうと考えるのもいた。それに軍令承行令に対する不満は別にして、いまだに大艦巨砲主義や艦隊決戦主義に固執するエライさんたちと違って、若い士官たちは、「これからは飛行機の時代だ」ということを敏感に受け止めていたのである。

もっとも、整備学生に行くために、重巡「古鷹」乗り組みの田口俊一と一緒に、軽巡「川《せん》内《だい》」から佐世保で下艦した信田義朗は、「フネの連中からすれば、フネを下りることは戦場から離れるという感情があり、そのため田口は、下りる寸前までそのことを口に出さなかった」と語っており、一種のうしろめたさのようなものもあったようだ。

すでに整備学生が発令され、乗艦していたフネが早く内地に帰っていた者は、五月一日の追浜航空隊入隊までの間隙を利用し、休暇をとって帰郷した。杉野一郎もその一人で、彼は福岡県三池郡銀水村（現在の大牟田市銀水）の家に帰ったが、この頃から上津原ツヤ子という女性とつき合うようになった。ツヤ子には兄と姉がいたが、兄は、のちに三四三空「紫電改」部隊の先任飛行隊長として勇名をはせた兵学校六十八期の俊秀鴛淵《おしぶち》孝少佐と小学校の同級生だった。

ツヤ子はやがて杉野のエンゲ（海軍の陰語で婚約者のこと）となるが、恋人との楽しかるべき時間はつかの間のものでしかなかった。それを破ったのは、四月十八日の例の〃ドーリットル東京空襲〃で、杉野は彼と前後して郷里の熊本に帰っていた同じ整備学生予定者の品川淳少尉に、「明十九日の急行で帰艦す。大牟田駅で待つ」という電報を打って一緒に帰艦した。福岡県立三池中学出身の杉野と熊本県立玉名中学出身の品川とは郷里が近いこともあって仲がよかった。そのうえ、エンゲのことでは品川のほうが少しばかり先輩だったので、何かにつけて話が合ったのである。

昭和十七年五月一日、第三十期整備学生として機関学校出の二十五名が追浜海軍航空隊に入隊した。ここは横須賀海軍航空隊のすぐ近くにあるが、航空隊といっても飛行場はない。しかし、横空の飛行場や海軍航空技術廠がすぐ近くにあって、最新の技術や試作機に接することができ、整備将校の養成には打ってつけの環境にあった。

三十期整備学生は四十八期三名、四十九期六名、そして五十期は澤田、田口、宮内、杉野、小川武のほか、山村稔、古田運平、小林公三、中尾高明、粕谷秀雄、徳矢晋一、古垣博彬、品川淳、信田義朗、柳田辰雄、宮本義一各少尉だった。

このころ、機関科将校たちの胸に絶えず引っかかっていた軍令承行令が改正されることが確実となり、それまで機関科将校の称号は機関少尉とか機関中尉とかいっていたものが、機関が取れて兵科と同じように単に少尉、中尉と呼ぶことになっていた。

この実施は、昭和十七年十一月一日、ちょうど五十期が中尉に進級するのと同時であったが、空母「飛龍」乗り組みの萬代久男少尉は、五月末の出港前に手まわしよく海軍機関少尉と海軍中尉の名刺を半分ずつつくって置いたという。したがって、十一月一日以前は五十期出身の整備学生については機関少尉とよぶべきであるが、ここでは単に少尉としておこう。

整備学生の教育目的は、「機関科将校に対して飛行機整備術の専門的な識能を付与する」ことで、学科としては航空力学、材料、機体、発動機、計器、航空燃料、射爆兵器、航空写真など多岐にわたり、主として先輩将校が教育にあたり、これを下士官の教員が補佐した。

もともと整備学生は中尉で期間一年というものだったが、機関学校五十期は少尉で課程に入り、教育期間も七ヵ月に短縮された。特筆すべきは、この間に、二ヵ月におよぶ航空実習があったことで、これは航空部隊の指揮官不足に悩んだ上層部が、貴重な整備学生の中からも、適性のある者を飛行機搭乗員に振り向けることを決めたためだ。

航空隊での教育は座学だけでなく、エンジンの分解、検査、組み立て、試運転や機体の取り扱いなどの実習も含まれ、機械や模型づくりの好きな澤田や田口学生などには興味津々たるものがあった。

彼らが整備学生となって一ヵ月あまり、勉強もようやく軌道に乗りはじめたころ、ミッドウェー海戦が起きた。そして「赤城」以下四隻の主力空母と重巡「三隈」を失い、「最上」大破のうえ、当初の目的であったミッドウェー占領の計画を放棄せざるを得ない大敗北となった。それから三日三晩、作戦会議は、敗戦の善後策の協議や大本営発表をどのようにするかでもめた。

発表原案としては、わが方の損害、空母二隻喪失、一隻大破、一隻小破、巡洋艦一隻沈没という、比較的実際に近い案が出たが、作戦部の強硬な反対で、六月十日午後三時の発表では、「航空母艦一隻喪失、同一隻大破、巡洋艦一隻大破」に改められ、陽動作戦に過ぎないアリューシャン攻撃のほうを大々的に報じた。

敵の損害については「エンタープライズ」型および「ホーネット」型各一隻を撃沈（実際は「ヨークタウン」一隻のみ）、飛行機約百二十機撃墜と発表し、のちに御丁寧にも「サンフランシスコ」型甲巡一隻および潜水艦一隻を撃沈、撃墜機数は約百五十機だった、と訂正発表までしている。

追浜航空隊は練習航空隊だから、第一線部隊とはまったく縁がなく、海戦の結果を正確に知ることはできなかったが、やがてミッドウェー作戦に参加した艦艇が横須賀に帰ってきてから、その実態を知った。

海軍では、何かにつけては集まって酒を飲む機会が多かったが、とくにクラス会と称して同期生の間ではそれが盛んだった。この会を通して友情をあたため、情報を交換し、明日のための英気を養うのだが、このクラス会の特色は、支払いは割りカンではなく金を持っている者が支払うことだった。一般的にいって学生や陸上勤務者より、海上勤務者のほうがふところ具合がいい。艦船に乗っていると、手当がいろいろつくし、それに海の上では使いみちがないから、おのずと若い士官でもかなりの金を持っていた。とくに潜水艦乗りや飛行機乗りは手当が多かったから、のちに潜水艦に行った時忠俊などは、「千両箱がやって来たといってはたかられた」という。

これに引きかえ整備学生は手当はゼロだし、陸上勤務とあって小遣いもいるので、懐はいつもぴいぴいしていた。にもかかわらず、東京や横浜が近いので、よく遊びに出かけた。

整備学生の一人だった古垣博彬は語る。

「貧乏とはいいながら、横浜伊勢佐木町のキャバレー百花苑にはよく通った。小川武、杉野などが一緒だったと思う。いまどきの○○サロなどと違って品のよい社交場で、お目あての女性の顔を見るためだけに出かけたものである。学生なので手当が何もなく、懐がさびしいのに、色気と飲み気だけは一人前だった」

横浜といえば小川武のホームグランドであり、遊ぶ場所にはこと欠かなかったものの、肝心のものにこと欠いた学生たちが考え出したのは、カメラを持って飛行場をうろつき、人物のスナップ写真を撮っては売りつけることだった。それでも足りないときは、さらに奥の手があった。横須賀の水交社に行って食券を何枚か伝票で購入し、これを売場の女の子に頼んで買い戻してもらって現金にかえる方法で、要するに給料前借りの新手であった。こうして懐さびしい整備学生は、いつも入港した艦船勤務のクラスメートにたかる羽目になった。

そんな中にあって、ひとり真面目だったのは澤田衛学生だった。

「澤田と粕谷秀雄と私の三人は同室だったが、粕谷と私は勉強は棚上げして社会勉強のほうに専念していた。夜になると、彼と私は、いつも連れ立って横浜の伊勢佐木町あたりを散策し、ときには浩然の気を養い過ぎて終電に乗りおくれ、追浜までの長い道を歩いて帰ったものだ。そんな所業のせいで、授業時間中は居眠りの双璧だったが、クラスで最優秀組だった澤田は、いつもきちんと勉強していた」（宮内賢志）

2

当局はひた隠しにしたものの、ミッドウェー海戦から帰還した将兵の口から敗戦が洩れ、うわさとなって横須賀一帯にひろがったが、五十期の臨時クラス会が開かれたのはそんなときであった。

電話があって、課業終了後、横須賀の水交社に急いだ杉野、小川、澤田、田口ら整備学生の面々は、そこで「赤城」以下の四空母や「三隈」の喪失を聞かされ、筒井英冬や山田俊男の戦死を知った。沈痛な空気がその場を支配したが、だれかが「戦争はまだはじまったばかりだぞ。『大和』『武蔵』も就役したことだし、心配はいらん。それより今夜は、筒井や山田の弔い合戦を誓って大いに飲もう」といい出し、元気を取りもどした。

ミッドウェー敗戦のショックもいつしか薄れ、秋風が立つころになると、追浜での課程も終わって学生たちは航空実習に移った。

航空実習、すなわち操縦訓練は、霞ヶ浦で使われていたのより旧式な三式初歩練習機を使い、霞ヶ浦航空隊東京分遣隊のある羽田飛行場で行なわれた。

といっても、当時の羽田はいまのようなりっぱなものではなく、民間飛行場とはいうものの発着便は一日に何便もないのどかな、六郷河口の三角洲の中にあった飛行場である。だから、たまに大日本航空定期便のダグラスDC三型機が発着する以外は、整備学生の三式初練と、飛行科練習生の九三式中間練習機がわがもの顔に飛びかっていた。

教官は飛行隊長で艦爆乗りの武田という大尉、ほかに飛行兵曹長、上等飛行兵曹クラスの教員が五人いた。武田大尉は高等商船出だが、上海でアメリカ砲艦「パネー号」を撃沈して左遷されたという勇ましいパイロットで、着陸のコツを、「地面の匂いを感じとれ」というのが口ぐせだった。

訓練は一日に一回、二十分か二十五分間で、離着陸や旋回飛行の訓練を、教官もしくは教員同乗でくり返し行ない、いちおうマスターしたところで単独飛行が許される。早い者で十時間、遅い者でも十二、三時間で単独飛行になった。さすがにのちにパイロットになった杉野、小川、宮内、澤田、田口らは早く、澤田は父あての手紙にそのことを書いている。

「九月一日以来、約三週間で操縦の基礎を修得（もちろん雨や風でできない日もだいぶあり、飛行時間は合計十時間ぐらいです）、二十五日には自分一人で搭乗して見事に（本当に）飛行しました。

単独飛行の命を受け、落下傘をつけて単身離陸、みるみるうちに飛行場は小さくなり、全神経はただ命じられた針路、高度および飛行機の姿勢を保持することのみに集中し、雑念は一切浮かんで来ません。決められた通りのコースを飛行し終われば、飛行場へ向かってまっしぐらに直進、静かにエンジンの回転を下げて操縦桿を引き、所定の地点にピシャリと着陸したときは、じつに愉快でした。他の連中には着陸時地面に衝突し、車輪の軸をひん曲げたり、タイヤをパンクさせたりした者もありました」

これで見る限り、澤田少尉は操縦のスジがいいといえるが、単独飛行まで十二、三時間組の中には、着陸のさいに地上のダグラス旅客機にぶつけるという派手な事故を起こしたものもいた。

いよいよ来週の月曜日に離着陸の単独を許されるという学生が、前祝いをやろう、といい出した。だれがいい出したのか、とにかく飲むのは結構と、土曜日の午後、杉野、小川、柳田、品川の各少尉が、いまも国道沿いにある大森の悟空林という料亭に繰り出した。ちょうどそのあたりが操縦訓練のさいの第四旋回点の下になるので、宴会場で芸者たちに、

「月曜日は我々が単独操縦をやるから、みんなでハンカチを振って見ておれよ」

と、得意になっていったのがいけなかった。

当日、「〇〇学生、単独飛行に出発します」と申告して飛行機に乗り込む。列線を出て後席にだれもいないのを確認すると、嬉しいような不安なような気持になる。機を風に立て、スロットル一杯ですぐ機は浮き上がる。

第一旋回後、さらに上昇をつづけ、高度二百メートルで機を水平にして第二旋回。羽田飛行場を左側に見ながら直進。多摩川にかかる六郷橋の上空で第三旋回、そして降下に入りながら第四旋回である。あとはスロットルを絞り、飛行場端の松並木をかすめながら着陸体勢に入る。高度七メートルでスロットルを閉じ、滑空をつづけて着地という手順だが、品川少尉の単独のとき、第四旋回で異変が起きた。

飛行機がちょうどその地点にさしかかったとき、下で何か白いものが振られているのが品川の目に入った。高度はすでに三十メートルを切っており、下の様子がよくわかる。〈ア、おとといの芸者たちだ〉と気づいてちらと横目で見ると、四、五人でしきりにハンカチを振っているのが見えた。すぐ視線を着陸の方向に移したが、一瞬のよそ見で機の姿勢が傾いていた。滑走路はすでに目前にあり、あわてて修正を試みたが間に合わず、左の前車輪で着地した。機は斜めにジャンプしながら、左方のエプロンに駐機していた大日本航空のグラスDC三型旅客機の翼端に左の翼端を引っかけ、くるりと回されて止まった。

さいわい怪我もなく、小さな事故ですんだが、ことの重大さに品川少尉は青くなった。澤田少尉のように雑念なしに飛べばよかったものを、友だちが悪かったばかりに、あわよくば飛行機乗りにという希望がこれで消えてしまったからだ。実際のところ、軍令承行令改正のうわさとともに、機関科からも飛行将校をとるという観測はかなり高まっていたようで、前出の澤田少尉の手紙の続きにそのことが書かれている。

「目下、当隊で行なわれている操縦訓練が自分の将来に意味のあるものかどうか分かりませんが、最近、機関科の整備将校の中から若干名を選抜し、来春より純然たる飛行将校として教育を施行せんとする気配が次第に濃厚になりつつあります。
今回の制度改正を考えるとき、もし搭乗員になる機会をあたえられないならば、我が身の前途はまったく絶望に陥ることになります。我々はぜひとも搭乗員としての針路のあたえられんことを切望するものであります。運命は果たしていずれに傾くか。ただ天の指示を待つのみ（後略）」

単独飛行でトチったのは、品川少尉だけではなかった。ある者は第三旋回で高過ぎた高度を調節するため六郷橋上空で横滑り降下を試み、危うく橋のアーチに接触しそうになって、橋上の市民を驚かせた者もいた。もちろん、後で「適性なし」と判断されたことは間違いない。そのうえ、規則を破って東京見物としゃれ込む豪傑もいたりで、こういうのが飛びまわっている同じ飛行場を、民間旅客機が共用していたのだから、考えてみれば危ないことであった。

離着陸の単独飛行が終わると、つぎは急降下、急上昇、急反転、垂直旋回に宙返り、さらには錐揉みとその回復法など特殊飛行に移り、羽田の霞空東京分遣隊での教育は十月七日に終わった。

引きつづき偵察、航法、射撃および爆撃などの訓練のため、学生たちは三重県白子の鈴鹿海軍航空隊に移った。期間は約一週間、今度は九〇式機上作業練習機に学生三、四人が乗り込み、交互に持ち場を交代して実習する。
「射爆訓練では、同高同速百メートルくらいしか離れていない標的に七・七ミリ機銃弾が当たらない。二十五発射って五、六発当たれば上出来だった。また高度千メートルからの水平爆撃で、一キロの訓練弾が十メートル四方の海上標的になかなか命中しないものであることも経験した」
とは古垣博彬の回想であるが、これは訓練というより、機上での作業がどんなものかを一通り経験させようというもので、羽田での飛行訓練にくらべれば楽なものだった。
鈴鹿空での訓練は一週間で終わり、整備学生の卒業をひかえて十月十六日から三日間の休暇があった。横須賀に戻る前に、澤田、田口、信田ら家の近い者はさっそく帰郷したが、家が関東の小川、宮内、九州鹿児島の古垣の三人は、連れ立って下呂温泉清遊(?)としゃれこんだ。
「湯の島館の最高の部屋を選んだ。女中さんが、上中下と三人もついた。松林の中の離れ家で、三人とも上機嫌で過ごした」(古垣)
「帰りに美濃大田から木曽川下りを決行しようとしたが、時間の都合で一隻の船を特別にチャーターした。ちょうど出発しようとしたとき、東京からきた美しいお嬢さん三人が船をさがして困惑していたので、そこは海軍士官たるジェントルマンシップを発揮して同乗をすすめ、ともに愉快な木曽川下りを楽しんだ」(宮内)
戦死した小川武のコメントは聞きようもないが、後日、彼のところには彼女たちから手紙や慰問袋がしきりに送られて来たという。そして、飛行学生として霞ヶ浦に行ってからもつき合っていたようだが、電車内で吊革につかまりながら、隣りに立っていた妙齢の女性に名刺を差し出し、「私はこういう者ですが、おつき合い願えませんでしょうか」といって交際を申し込んだプレイボーイの彼ならではのことであった。

昭和十七年十一月一日、五十期は海軍中尉に進級した。同時に、この日をもって機関学校出身者たちにとって心のしこりになっていた軍令承行令が改訂され、階級の上に「機関」をつけることなく兵科と同じ呼称となったのである。そして、機関学校四十八期、四十九期、五十期混成の三十期整備学生は、この月の末、航空隊司令の訓示だけという簡単な卒業式のあと、それぞれの任地に向けて飛び立って行った。

3

話は少しさかのぼるが、三十期整備学生が入隊して三ヵ月後の昭和十七年八月一日、二十八名の三十一期整備学生が追浜練習航空隊に入隊した。このうち五十期は竹井改一、宮崎篤躬、寺本(旧姓池上)了、望月富雄、久保庭保明、蛭澤久也、片山次明、吉村幹男、横手高明、小松貞夫の十名で、残り十八名はつぎのクラスの五十一期だった。

三十期整備学生の十六名に新たに三十一期の十名が加わり、ここに五十期の三分の一が集まったことになるが、ほとんどが昭和十六年四月に艦隊に配乗されて以来一年三ヵ月ぶりとあって、再会の喜びもひとしおであった。

勉強のほうは三十期と同じ課程で、航空発動機の実習は「金星」と「火星」とを使って行なわれた。隣りの横空飛行場では、日本海軍初の二千馬力級エンジン「誉」を装備した新鋭陸上爆撃機「銀河」の試作一号機の美しい姿が見られ、ドイツのダイムラーベンツを国産化した水冷エンジン「アツタ」装備の艦上爆撃機「彗星」が実戦配備を急いで盛んにテストが行なわれていたが、彼らが学生を卒業して一線配備になれば当然扱うことになるであろうこれらのエンジンは、まだ現物を見ることもなく、話に聞くだけであった。

遊びのほうは、三十期と一緒になってクラスメートがふえたぶん盛大になった。

「毎月一回ぐらいは総員パイン（横須賀の料亭『小松』）とどこやらへ集合し、エスを混じえて遊んだが、いまでもはっきり覚えているのは、横手のこと。彼はなかなか芸達者で、よくアコーディオンを弾いてはクラスメートを楽しませてくれた。ところが、さんざんともに楽しんだあげくに、彼自身はしょぼんとして、いかにもつまらなそうな顔をしていたことがあった。

片山次明には、横須賀に大変ねんごろになったエスがいた。彼は昭和十九年八月二日、テニアン島で戦死したが、彼女はいまでも（片山のことを）お祀《まつ》りしていますといっていた。

竹井は生徒第一日から席を隣り合わせた間柄で、日本人には珍しい胴が短く脚が長い体をしていて、しかも大変な秀才だった」

と語るのは、同じ三十一期飛行学生だった吉村幹男だが、秀才で謹厳この上ない竹井が学生長だった三十一期は、例年になく真面目なクラスだった。

追浜空では午前と午後の二回、学科がはじまる前に課業整列があった。号令台に面して整備学生が二列に並び、最右翼に立った竹井学生長がブッキラ棒な大声で、「整備学生整列終わり」と報告すると、なぜかピリッとしまった。

機関学校時代と変わらず居眠りは盛んだったが、勉学の態度はみんな真剣そのもので、「むかしの学生の中には、教員によるエンジンの分解組み立て実習の時間などちょっと御無礼して、夏は五十銭玉を耳にはさんで金沢八景まで泳いで行き、レクリエーションを楽しんだなど、真偽のほどはわからないが豪傑話をうわさに聞いたことがある。そんなことを我々が少しもやらなかったのも、竹井学生長のせいだったと思う」

と寺本がいうように、竹井の影響がきわめて大きかったようだ。

三十一期整備学生が入隊して三ヵ月後に三十期が卒業して、少しばかり淋しくなったが、ガダルカナルをめぐる大消耗戦が開始されて、彼らが卒業後配置につくであろう戦場のきびしさが思いやられて、そんな感傷どころではなくなった。

十一月一日、中尉に進級した三十一期整備学生二十八名に対する操縦訓練は、昭和十八年一月から二ヵ月にわたって実施された。羽田飛行場での訓練では、単独飛行で大森のレス(料亭のこと)の彼女に機上から手を振って喜んだり、離陸滑走中に飛び上がれず危うく事故死しそうになったり、地上滑走でぶつけて飛行機をこわす者など、少しばかり先に卒業した三十期整備学生と似たようなことをやっていたらしい。

操縦訓練のあとの偵察、航法、射撃、爆撃などの機上作業訓練は、鈴鹿航空隊ではなく、大井川の東側の台地にある茶畑をならして飛行場にした大井航空隊で実施された。飛行機も九〇式作業練習機ではなく、少々使い古されたとはいえ、九六式陸上攻撃機（九六陸攻）が使われたが、風の強い日など富士山に向かって飛ぶと乱気流で二百メートルほども一気に落下し、乗っていた学生は浮き上がって天井に頭をぶつけ、飛行眼鏡を割るというようなこともあった。

そんなことが何度も繰り返されると気分が悪くなり、軍艦でガブられて吐いたあの悪夢がよみがえって来る。

「がまんし切れず、私はとうとう吐いてしまった。後部スポンソン（胴体から張り出した球型の銃座）の傍にいたので、そこから外に向けて吐いたが、風圧で、私のすぐ後ろにいた久保庭の顔にも、しぶきがかかってしまった。もちろんあやまったが、彼は笑って問題にしなかった」

吉村幹男の苦い思い出であるが、卒業して一年たった昭和十九年四月、敵機動部隊の大空襲で潰滅したトラック島で、吉村、久保庭保明、信田義朗の整備学生同期三人が集まった。久方ぶりの再会を懐かしみ、気のおけない楽しい時間を過ごしたが、すぐに別れがやって来た。間もなく吉村は所属していた陸攻部隊再編のためテニアン島経由で内地に帰り、信田は空母「隼鷹」の整備分隊長として母艦とともに作戦に出動してしまったからだ。

久保庭は、吉村、信田ら期友が去ったあともトラックに残り、攻撃七〇六飛行隊分隊長として頑張っていたが、その後、内地に帰ることになってテニアンに寄ったところで敵の上陸にあい、戦死してしまった。

三十一期整備学生は、昭和十八年三月十五日に卒業するが、それより前の一月十五日に竹井、蛭澤、横手の三人は飛行学生を命じられて追浜航空隊を去り、三十期整備学生から飛行学生になった澤田、田口、宮内、杉野、小川らと霞ヶ浦航空隊で合流した。

彼らは機関学校出身最初の飛行機搭乗員要員として第三十九期飛行学生となったのであるが、記録によると、それ以前に四十七期から坂口昌三、平野龍雄の二人（いずれも大尉）が特修科学生として三十七期飛行学生と一緒に操縦訓練を受けている。吉村の記憶によると、追浜空に整備学生でいたころにこの二人が訪れ、いろいろ話を聞いたことを覚えているという。坂口、平野両大尉が飛行学生だったのは、昭和十七年二月から十八年二月までの約一年間で、おそらく霞ヶ浦にいた最後のころの十七年秋頃のことだろう。

彼らは先輩として、航空の重要性を後輩に伝え、一人でも多く搭乗員になることをすすめに来たものと思われるが、二人とも機関学校出身パイロットの先達として平野大尉は戦闘機で十九年六月十九日にグアムで、坂口大尉は陸爆「銀河」の神風特別攻撃隊「菊水隊」隊長として二十年三月二十日、沖縄でそれぞれ戦死、後輩たちに範を示した。（戦死後、平野大尉は少佐、坂口大尉は二階級特進で中佐となった）

整備学生から飛行学生を選ぶときは、もちろん操縦訓練の成績が一番大きなポイントになったが、そのほか横空で行なわれた適性検査が加味された。

適性検査はまず作業能力テストがあり、ついで機械器具を使っての身体機能の多種多様な検査が行なわれ、このあと、手相や人相を見られた。近代科学の粋を集めた飛行機の操縦者の選考に、手相、人相とはきわめて不合理に思えるが、実際にこの適中率はかなり高かったのである。

海軍で「形態性格学」と名づけた観相学を、飛行機搭乗員採用の際の適性検査の中に取り入れたのは昭和十一年で、当時の教育部長大西瀧治郎大佐が紹介した水野義人という人を、航空本部の嘱託に採用していらいのことだ。

この人は人(骨)相、手相などによる人物の判定に特殊の能力を持ち、その観察結果は機械器具による適性検査の結果や、従来の心理学応用の適性検査法による成績とほぼ一致し、その信頼度は非常に高かったといわれる。〝黙って座ればピタリと当たる〟という人相見の話があるが、「はじめはそんなバカなと思っていたが、のちにそれがまやかしでないことを知ってびっくりした」と語るのは三十期整備学生の一人、信田義朗だ。

激戦地ばかりをまわって、再三にわたり死線を越えて内地に帰って来た信田は、昭和二十年三月ごろ、横空でこの水野氏に会ったとき、「この戦争は間もなく終わるのではないか」といわれたことがあった。その理由を聞くと、「昨年までは死相の現われていた人が非常に多かったが、最近になって多くのみなさんから死相が消えたから」という返事だった。それから五ヵ月後に戦争が終わり、信田も生き残った。

飛行学生の選抜には、操縦の成績や適性検査の結果ばかりでなく、本人の希望や家庭の事情なども考慮されたようで、操縦訓練の結果についてはかなり自信があった信田の場合、長男であったことがどうもはずされた理由らしいとあとで聞かされた。

吉村も操縦や適性検査の結果もまずまずだったらしく、パイロットにならないかとすすめられたが、早く戦地に出たくて断わったという。操縦に進むには、さらに一年以上も学生生活を送らなければならないからで、進んで死地に赴く、という気概は、飛行学生になった者も、ならなかった者もひとしく抱いていた共通の理念であった。

田口俊一は四人兄妹の長男で、しかも一人息子だったので、パイロットにならないかといわれたとき家に帰って母に相談し、承諾を得ている。飛行機をやるからには、やはり飛ばなくてはつまらない、というのが彼の考えで、母親も彼の熱心さに折れたのではないか。

蛭澤久也は、整備学生の飛行訓練の終わりに鈴鹿航空隊に行ったとき、「何で飛行機みたいな危ないほうに行ったの？」と聞く姉に、「整備や、整備や。乗らへん、乗らへん」と答えているが、このとき、すでに操縦に進むことを心に決めていたようだ。

第三十九期飛行学生は、百六十五名のうち大部分は兵学校七十期および七十一期で、これに新制度でこの期から採用された五十期八名、五十一期七名（いずれも三十一期整備学生）の機関学校出身者が加わっていた。機関学校五十期のコレスは兵学校六十九期だから、兵学校七十期、七十一期は機関学校五十期に対してそれぞれ一期と二期後輩にあたるわけで、整備学生をやったぶん遅れたことになる。

機関学校で最初から整備学生と飛行学生に分けるようになったのは五十二期からで、五十二期と五十三期は、それぞれ二十名ずつが飛行学生になっている。ちなみに、途中で終戦になった五十五期の十名を除くと、操縦、偵察合わせて六十二名が搭乗員になっているが、このうち四十一名が戦死しており、特攻で二階級特進した者が十名もいたことからも、いかに彼らが勇敢に戦ったかがうかがえよう。

第五章　美しき期友たち

1

昭和十八年一月十五日、海軍機関学校出身者としては最初の正規採用飛行学生となった五十期八名、五十一期七名は、霞ヶ浦海軍航空隊の門をくぐった。もっとも、すぐに入隊できたのは、整備学生として追浜航空隊にいた機関学校出身者のほか少数で、兵学校出身者の大部分は乗り組み軍艦の作戦の都合で、あとからポツポツといった感じで入隊して来た。

前述のように三十九期飛行学生百六十五名の主力は兵学校七十期、七十一期が主力で、これに機関学校五十期、五十一期の十五名が加わり、さらに若干名の兵学校六十八期、六十九期に海軍航空技術廠の技術士官二名を含む多彩な顔ぶれであった。

最初は座学からはじまったが、兵学校出身者にくらべると、機関学校でやらなかった通信や航海の勉強を余分にやらなければならないハンディがあった。これは一般の学科のほかに課外補修としてやるので、土曜日なども外出の直前まで、「トンツー」と無線のキーを叩く羽目になった。そのぶん、兵科出身者よりも負担は大きくなったが、機関科から飛行科になるという制度の先駆者としての自負と、「兵科に負けるな」という競争心とで、彼らは互いに励まし合って学業に訓練に精を出した。

五十期出身パイロットのうち、ただ一人の生き残りである宮内賢志がいうように、「牧野という飛行隊長が、兵学校出身者が足りないからお前らみたいな機関学校出身者をパイロットにした、と公言していたので、この野郎と思った」ことも彼らの刺激になった。

飛行隊長の牧野滋次少佐は、兵学校六十一期の艦爆乗りで、宮内ものちに小川武らとともに牧野少佐の後を継ぐことになるが、整備学生のときの飛行訓練の教官だった武田大尉のように、艦爆乗りには豪快で太っ腹な人が多かった。

いったん空中に上がったらエンジンが命の綱である飛行機乗りは、エンジンの調子には一般に神経質だった。ある戦闘機乗りの某大尉などは、あまりエンジンの振動をやかましくいうので、整備員たちから、その本名の音をもじって〝振動大尉〟という尊称を奉られた。

ところが、小川武などは一線部隊に出てから、エンジン調整に苦労する整備員に、「そのくらいでいいよ」といって細かいこともいわず、事もなげに飛んで行ったという。自分が整備を経験してエンジンをよく知っていたことと、整備員に対する思いやりからであったが、おおらかだった彼の性格による部分もかなりあったのではないか。豪放な牧野隊長の〝放言〟も、悪意からではなく、むしろそれによる機関科出身飛行学生たちの発憤を期待してのことだったかも知れない。

土浦航空隊から本隊の表門、それからさらに伸びて飛行場まで、ずっとつづく名物の桜のつぼみもそろそろほころびかけようという四月一日、いよいよ飛行訓練が開始された。学生の人数が多いので、百六十五名を第一と第二飛行隊に分け、広い霞ヶ浦の飛行場を半分ずつ使って行なわれた。宮内たちの教官はコレスの矢板康二、茂木美夫、岸川正紀、岩下邦雄ら兵学校六十九期組で、彼らもまた二期上の三十七期飛行学生として、大分空や宇佐空での実用機教程を終えたばかりだった。

霞空での教官生活は、彼らにとっていわばお礼奉公のようなものだったが、兵学校出や機関学校五十一期出身の学生はみんな下のクラスだからいいが、機関学校五十期の八人はコレスで、しかもすでに実戦の洗礼を受けて来ているだけに、いささかやり難い。おまけに真似事だったとはいえ二ヵ月の飛行訓練も経験しているから、いちおう屁理屈もいう。

「貴様へたくそだな」（教官）

「何いってんだ。貴様の教え方が悪いんだ」（学生）

ふつうなら、まずい操作をやると罵声とともに後席の教官から棒でポカリとやられるところだが、学校を卒業してすでに二年以上にもなり、いささかとうの立った中尉のコレスとあってはそうもいかない。珍妙な機上のやり取りはあっても、そこは選ばれた機関学校代表という意地があり、彼らの成績は概して優秀であった。

飛行訓練中、ヘマをやると罰金を取られた。それも程度により「ギザ一丁」から「ギザ十丁」まであった。「ギザ」は当時の五十銭玉で、これ一枚でうどん二杯は食べられた時代だから、いまの千円ぐらいの価値がある。それを一枚から十枚の範囲で徴収するのだから、貯めておくとかなりの金額になる。それを元手に、「第三十九期飛行学生○○○○」のネーム入りの白マフラーを、小川武の顔で、横浜の野沢屋デパートでつくらせた。

　よく学びよく遊ぶの、彼らの信条は相変わらずで、花の都の東京や、小川武の地元である横浜あたりにはマメに足を伸ばしていた。中尉ともなれば押しも押されぬ海軍士官であり、飛行訓練がはじまれば飛行手当もついて、整備学生時代よりは多少、資金も潤沢になった。

　銀座四丁目の服部時計店の前を、ネイビーブルーの第一種軍装でさっそうと歩く澤田中尉と宮内中尉の写真が残っているが、酒を飲みに行くときは、途中、水交社に寄って私服に着替えてから出かける。そのほうがリラックスできるし、羽目もはずせるからだ。

　外出は土曜日の午後からで、もちろん外泊も可。帰りは日曜日の午後八時十分上野発の常磐線に乗ればいいので、かなり遊ぶことができたが、遊び過ぎてこの列車に乗りおくれることもままあった。タクシーなど少なかった当時とあって動きもとれず、そのまま他の乗りおくれ組と地下道にとめてあった郵便車にもぐり込んで夜を明かしたりしたが、一夜をともにした相手が、素姓を聞いてみればヤクザのあんチャンだったり、一流会社の社長だったりして結構面白い体験もした。

　夏などは水交社で着替えて浴衣がけで、いかがわしいところに入って警察官に捕まったことがあった。この非常時にいい若者が怪しからんというわけで、警察官がいろいろ職務質問するが、決して海軍軍人とはいわない。あまりしつこいので、「じゃ留置場でもどこでも連れて行ってくれ」と冗談にいったら、怒って本当に警察に連れて行かれた。しかし、挙措振舞や目つきが違うことなどから、警視クラスの人はすぐ「海軍さん」と見抜き、逆に「御苦労様です」といわれて無事放免となったこともあったと、戦死した他の七人に代わって宮内は語る。

五月に入ると単独飛行がはじまったが、機関学校五十期の八人はすでに経験していただけにさすがに早く、いずれも難なくパスして、早くも教官同乗による特殊飛行訓練（スタント）に移った。ところが、彼らのスタントが上達しはじめた五月の末ごろから山本連合艦隊司令長官戦死のうわさがひろがり、飛行学生たちの心を暗くした。

連合軍の反攻がいよいよ激しくなり、ソロモン、ニューギニア方面の戦況もおもわしくなくなったので、山本長官は航空総攻撃によって戦勢を建て直すことを企図して「い」号作戦を発令、みずからラバウル基地に将旗を移して指揮をとることにした。この作戦は、母艦兵力も陸上に上げて参加させる大規模なもので、四月七日から十六日にかけて行なわれた。実際の戦果はわずかなものだったが、誇大な報告に満足した山本長官は、ブーゲンビル島南側のブイン基地視察のため、四月十八日午前九時、参謀長以下の幕僚と二機の陸攻に分乗してラバウル飛行場を離陸した。

日本側の暗号を解読していたアメリカ軍は、山本長官のブイン視察計画の詳細をつかみ、時間をはかって十八機のＰ38陸軍戦闘機を、ガダルカナル島ヘンダーソン基地から発進させた。山本長官一行を乗せた二機の陸攻がブイン基地を目前にしたところで、Ｐ38十六機（二機は途中で脱落）と遭遇、わずか零戦六機の手薄な護衛の間隙をぬって、山本長官機および宇垣参謀長の乗った陸攻の撃墜に成功し、宇垣長官は重傷を負いながらも助かったが、山本長官は戦死した。

山本長官遭難の状況は、大本営にも刻々と受信され、一年前のミッドウェーの敗報にもまさる驚きと失望を関係者たちにあたえたが、この悲報はきわめて少数の人々にしか知らされなかった。しかし、いつまでもこの事実を伏せておくわけにも行かないので、宮中関係や連合艦隊司令長官交代の手続きなどが一段落したところで発表された。

発表は五月二十一日の午後で、六月五日には国葬が行なわれたが、それは飛行学生たちにこれから彼らが向かうであろう戦場がいっそうきびしいものになることを予感させた。

2

山本長官の戦死で学生たちの飛行訓練にいちだんと熱が入った。特殊飛行が単独でできるようになると、今度は母艦着艦訓練の基礎となる定着訓練、そして最後が夜間着陸だが、これが一番こわい。

「真っ暗な飛行場の中にポツンと置かれたランプだけが頼りで、まるで奈落の底に吸い込まれて行くような感じだった」と語るのは宮内だが、彼はこの夜間着陸訓練で、すんでに命を落とす経験をしている。

霞ヶ浦飛行場には、第一次世界大戦の賠償でドイツから持って来た巨大なツェッペリン飛行船用の格納庫があり、夜は格納庫の高いところに赤ランプがつく。教官同乗で月のない暗い夜空に上がった宮内は、昼間、自転車でコースを走りながら覚えた操作にしたがって第四旋回で着陸体勢に入ったが、地上に置かれた目標のランプとこの格納庫の屋根のランプを見まちがえ、このランプを目がけて下りて行ったのだ。

「馬鹿っ、危ない。そこは格納庫だっ！」

教官の絶叫に、宮内はあわててスロットルを全開にして急上昇で難をのがれたが、もう少し気づくのが遅れたら、教官とともに海軍葬になるところだった。

「空中に上がると、地上にいたときにくらべて思考力が鈍る。夜間着陸の操作は、地上で暗記できるまでやったつもりだったが、離陸のときプロペラの回転トルクで飛行機が左寄りになるのを修正しなかったため、降りるコースが、ちょうど飛行船格納庫の線上に来てしまった。教官もさぞびっくりしたことだろう」(宮内)

定着と夜間着陸訓練が終わると、霞ヶ浦で教わることはほぼ終了し、八月五日には実用機教程に進むための機種別の希望調べがあった。そして、九月末の卒業予定が半月早められることも決まったので、このあと八月二十五日、二十六日の両日にかけて行なわれる鈴鹿往復の卒業飛行までが、彼らにあたえられた最後の時間となった。

飛行作業は自学自習で、とにかく飛行機に慣れるため自由に大空を飛びまわり、休日はふところ具合によって土浦(彼らは〝どのうら〟と呼んでいた)に出てエスと遊んだり、東京や横浜まで足を伸ばしたりで、卒業までのつかの間の平穏を楽しんだ。

八月二十五日の朝九時、鈴鹿往復の移動訓練のため、三十九期飛行学生たちの乗る数十機の九三式中練が、つぎつぎに霞ヶ浦飛行場を飛び立った。ここから横浜、大井、浜松などをへて三重県の鈴鹿海軍航空隊まで、約四百五十キロの航程を大編隊で飛ぶのである。たとえオレンジ色に塗られた複葉の九三式中練とはいえ、数十機の編隊ともなれば、勇壮そのもので、これが霞ヶ浦での練習機教程の仕上げの卒業飛行になると思えば、学生たちの感慨もひとしおだった。

九三式中練の巡航速度は時速約百四十キロだから、空中集合の時間や風の影響などを入れると三時間半前後の、学生たちにとっては初の大飛行だった。九三式中練は三百三十リッターの燃料タンクを満タンにすると一千キロは飛べるが、編隊飛行は単独飛行にくらべて燃料を余分に食うので油断がならない。

それでも午後には全機がぶじ鈴鹿に着いたのはさすがで、この日は伊勢神宮に参拝したあと一泊し、二十六日の正午少し前に鈴鹿を飛び立って霞ヶ浦に向かった。実家が鈴鹿に近い蛭澤久也は、知らせで駆けつけた父や叔母たちに、晴れの姿を見せることができた。

オレンジ色の「赤トンボ」の大編隊は、高度二千メートルで一路東に向けて飛びつづけたが、浜松の上空を過ぎて御前崎灯台に達したとき、「東京湾以東天候不良、大井航空隊に向かえ」の知らせを受けて全機、大井航空隊にいったん着陸したので、ふたたび離陸して霞ヶ浦に帰ったのは午後六時ごろになった。

九月に入って、いよいよ霞ヶ浦の卒業も間近になった。二日には専攻の機種が発表され、蛭澤久也、横手高明、田口俊一が戦闘機、竹井改一、杉野一郎、澤田衛が陸攻、小川武、宮内賢志が艦爆と決まった。このころ、澤田と田口がそれぞれ父母宛（澤田は母、田口は父がすでにいなかった）に出した手紙がある。

「（前略）霞ヶ浦における練習機教程を旬日の後に卒業し、いよいよ実用飛行機の訓練をはじめることになりました。私の専門は、陸上攻撃機（陸軍の重爆撃機に相当し、渡洋水平爆撃および敵艦隊に対する魚雷攻撃を主任務とするもの）に命ぜられました。本隊の卒業期日は九月十五日（部外に知らせないように願います）で、ただちに南方の某基地へ赴任致します。途中、東海道線の列車で滋賀県を通りますが、赴任の命令を受けているゆえ、家のほうには帰りません。しかし、米原駅通過時刻があらかじめ通知できると思います。

四月以来、霞ヶ浦での訓練も相当激しかったが、今後の実用機訓練は飛行機の性能もかなり高くなり、従来以上の激烈さと危険性をともなうのはもちろんで、我々としては是が非でもやり遂ぐべき大任務であります。（後略）」（父宛、澤田）

「（前略）予定としては十五日に当霞ヶ浦航空隊修業、十六日の夜、帰宅し得る予定です。もちろん転勤の途中ですから、暇な時間はありません。行く先は大分海軍航空隊です。奥村の武雄君（注、操縦練習生出身の戦闘機乗りで、有名な坂井三郎中尉につぐ撃墜数を誇るエース。田口の遠縁にあたる大の仲良しだった）と同じ経路です。一度、霞ヶ浦の生活も見ていただきたかったのですが、つぎは大分へ来て下さい。

希望通り戦闘機の願いがかなって喜んでおります」（母宛、田口）

じつはこのころ、田口にはもう一つ嬉しい話が持ち上がっていた。それは四号時代を同じ七分隊で過ごしたクラスメート原正道中尉と妹和子との縁談で、それはひょんなことから持ち上がったと、いまは原夫人である和子は語る。

「口ききは主人（原）と潜水学校時代に一緒だった渡辺（龍生）さんです。渡辺さんは熊本出身で、福岡出身の主人とは仲が良かった。それが、兄が飛行学生に行く前、何かの都合で三人が酒を飲んだとき、渡辺さんが兄に、『貴様は男一人なのに何で飛行機に行くんだ。死んだら後継ぎがなくなって困るだろう』というようなことをいったらしいのです。そこで兄が、『妹にだれか適当なのを頼むよ』といったかも知れないし、酒の勢いで主人が、『それなら、オレが養子に行ってやる』といったのかも知れません。（注、原は男ばかり四人兄弟だった）なにしろ、五十期のみなさん全員が兄弟みたいな感じでしたから」

原中尉は昭和十八年二月に潜水艦を降りたあと三月に「摩耶」、十月に「瑞鶴」と乗艦が変わり、忙しく母港と戦場との出入りをくり返していたが、この間にデートの機会を持つことができた。

「原から手紙を今日受け取りましたが、彼も気に入ってくれたらしく喜んでおります。御送付下さった戸籍謄本は、明日、横須賀でクラス会がありますので、持ってゆくつもりです」

先の九月三日付の田口の手紙にこんな一節があり、この時点で彼が妹の縁談の順調な進展を喜んでいた様子がうかがえる。

原正道中尉と田口の妹和子の結婚式は、年明け早々の昭和十九年一月十三日、呉で行なわれた。式は呉水交社のすぐ近くの亀山神宮、披露宴は呉水交社で、戦時下としてはまれな盛大さで行なわれたが、一切の手配は戦地で負傷して呉の自宅で療養中だったクラスメートの中嶋忠博がやってくれた。戦時中でもあり、軍艦は、入港しても二週間もすると出ていくので、その間にすませなければならない。田口家の都合も何もおかまいなしの強引さで、中嶋がことを運んでしまったが、すでに大分航空隊に行っていた田口中尉は、妹の晴れの花嫁姿を見ることはできなかった。

結婚――よき妻《めと》を娶りあたたかい家庭をつくる。それは独身の若い士官たちの一つの夢であり、だれもがそれを望みはしたが彼らにはためらいがあった。いまは戦争中であり、海軍士官とあれば戦場に出て生命の危機にさらされる機会が多い。もし自分が死んで若い未亡人をつくるようなことは避けたいという気持から、はじめから結婚を考えなかった者もいた。しかし、当時の女性の気持としては、〈たとえ一日でもいい。愛する人と生活を共にし、忘れがたみを育てることができれば……〉というようなところがあり、そのひたむきさとのはざまに立って苦慮することになる。

杉野一郎がそうだった。彼は整備学生時代から、友人の妹の上津原ツヤ子という女性と交際し、結婚の約束まで交わしながらついに結ばれることはなかった。死ぬ確率の多い飛行将校としてのためらいがあったのか、あるいは適当な時期をと考えていたのか、いずれにしても結論を出す前に杉野は戦死してしまった。

横手高明もいろいろ持ち込まれる縁談を、自分はいつ死ぬかわからないからと話に乗ろうとしなかったし、クラスメートに自分の妹を嫁がせた田口もそうだった。しかし、杉野や横手と仲のよかった品川淳は、原より少し前の昭和十八年九月十六日に結婚している。そして結婚した原も品川も、たびたびの激戦をくぐり抜けて生き伸びたが、結婚しなかった杉野、横手、田口らは戦死した。小川武、蛭澤、澤田、竹井にしても同じだが、結婚すると否とにかかわらず、若い女性への思慕、そして女性からのそれが綾なす恋愛の美しさと悲しさは、いまもクラスメートたちの脳裏を去らない。

小川や杉野らと同じ三十期整備学生だった宮本義一（神奈川県平塚市、故人）は、整備学生時代を一緒に過ごし、フィリピンで戦死した古田運平の結ばれざる恋について語った。

「整備学生時代、近かったこともあって、小川武なんかとよく横浜に遊びに行った。伊勢佐木町のオリンピック、百花苑、そして不二家などがよく行ったところだが、あるとき不二家で出合った女性に古田が恋をした。その後たびたび会うようになり、彼女からは古田のもとにせっせとラブレターが送られて来るようになったが、この恋はついに成就しなかった。

整備学生を卒業してから一年有余の後、ふたたび横空で彼に会った。再会を祝って、その夜は横須賀の料亭で一緒に飲んだが、彼は不二家での恋がこわれざるを得ない事情を夜を徹して語った。それによると、彼女は横浜の有力な市議会議員の娘で、同じ議員仲間の息子に嫁がせようと考えていた両親は古田との交際を許さず、彼女は一切を捨てて古田のもとに飛び込む決意を寄せて来たという。

彼が見せてくれた彼女からの数通の手紙には、恋慕の情切々たるものがあった。しかし彼は、私が読み終わった手紙を巻き戻して返すと、その場で全部燃やしてしまった。こうすることによって、彼女への思いを断ち切ったのであるが、そのときの彼は、まさにかくあるべきと思われる天晴れ武人の姿であった。

巻紙に毛筆で『運平様』と繰り返し書いてあった彼女の心情は、いまなおいじらしく、それをあえて振り切った古田の純情さを、私は終世耽美しつつ忘れることはないだろう」

古田はそれからわずか二週間ほど横空にいたが、戦闘三一六分隊長に発令されたあとフィリピンに渡り、昭和二十年二月十五日、陸上の戦闘で戦死した。

妹をクラスメートの原に嫁がせた田口は、それから二週間後の昭和十九年一月二十九日、大分での実用機教程を終えて築城航空隊付となった。台南空分隊長兼教官として台湾に行くまでの仮の籍であったが、田口はこの間よく別府の杉ノ井ホテルに通った。いまは大きな総合レジャーセンターになっているが、当時は海軍が借り上げてクラブになっていて、ハンサムな田口は、仲居さんたちのあこがれの的だったという。その後、台湾に渡った田口は、ずっと飛行練習生の教官をつづけ、台湾沖航空戦の初日である十月十二日に邀撃に上がって戦死した。

田口が戦死したあと、潜水学校高等科学生を終えた原が、たまたま機関長に発令された呂号五〇〇潜水艦が佐迫湾にいたので杉ノ井旅館に寄ったとき、さる仲居から田口の戦死を聞かされた。

「その仲居は、田口の戦死を軍医長から聞いたといっていたが、どうもその仲居が田口に惚

れていたらしい」（原）

3

杉野一郎中尉ら百六十五名の第三十九期飛行学生が第一線から離れていた昭和十八年は、四月十八日の山本連合艦隊司令長官の戦死をはじめ、連合軍側の本格的な反攻によって、多数の航空機や艦艇が失われたことから戦死者が激増した。

日米双方の消耗戦のきっかけとなったのは、ガダルカナル島の攻防戦であった。最初ここへの米軍上陸を甘く見ていた大本営も、その戦略上の重要さに気づいて、大きな犠牲を払いながらも陸軍部隊を上陸させた。その数約一万五千人に達したが、問題はこの将兵への糧食や弾薬の輸送で、優勢な敵の制空権下にあって、輸送船団を組んで、のろのろと海上を行くなど、まったくの自殺行為にひとしかった。そこで考えられたのが、アシの速い駆逐艦を使い、夜陰にまぎれて輸送を強行するという、特攻に近い危険な方法で、昭和十七年の十月ごろから開始された。

ガダルカナル島の西北三百カイリにあるブーゲンビル島南端にあるショートランド島を基地にして、十隻から十数隻の駆逐艦が正午に出発、途中に待ちうける敵機の攻撃をかわしながら、全速力でガダルカナル島の揚陸点に向かう。真夜中に沖合に到着すると、艦の甲板上におかれた糧食の入ったドラム缶を海中に落とす。これらのドラム缶は、ロープで数珠つなぎにされていて、その一端を持ってモーターボートで陸上の人たちに手渡す。しかし、十五分もすると嗅ぎつけた敵艦や魚雷艇が押し寄せてくるので、大急ぎで作業を終えると、ふたたび全速力で脱出する。

「途中、夜が明けるころには、もう敵機の編隊が何回となく後を追ってくる。やがて敵機の行動範囲を脱し、正午ごろやっとショートランド湾に帰りつくと、前日正午の出発時には十隻か十二隻のりっぱな駆逐隊が二、三隻は撃沈されており、残った艦も三、四隻は破損がひどく、内地回航を余儀なくされた。小破した艦は現地で至急修理し、内地から来た艦を合わせてふたたび十隻ないし十二隻の輸送隊を編成、一週間後にまた同じことをやる。一週間、一週間が、当時この輸送にあたった駆逐艦乗組員たちの命の区切りであった。

『ガ島』輸送で敵弾の中をかいくぐってショートランドに帰ってくると、『やれやれ、これで一週間、命がのびた』と考えたものだ。そのショートランドは、内地の瀬戸内海を思わせる美しい島々の横たわった湾であった。赤道にそう遠くない南の島なのに、夕方きまってやってくるスコールが過ぎて夕日が西の海に沈むと、内地の秋を思わせるほどに冷えびえとしてくる。赤い夕日を見ながら、〈あの空は日本の空につづいている〉と考えると、故郷にいる父母、兄弟姉妹、親戚の人たち、さらには友人や恋人の顔がつぎつぎに浮かんでくる。そして、それらの人びとと語りたいことが胸をしめつけるように出てくるが、はるか西北の空を見る以外に方法はないし、そのような感傷にひたる時間も長くはなかった。つぎの作戦行動の準備や機関の整備に、たちまち戦場にいる現実にもどらなければならなかったからだ」

当時、駆逐艦「秋月」の機関長付として、アメリカ軍が「東京急行」と呼んだガダルカナルへの強行輸送作戦に参加した中嶋忠博の回想であるが、この作戦は昭和十八年二月はじめの陸軍部隊の撤収によって打ち切られた。駆逐艦「巻波」の桑原儀八中尉が戦死したのは、この撤収作戦の初日にあたる二月一日であった。

「桑原（儀八）君の思い出は、いつもニコニコと微笑みながら勤務に精励していた姿です。彼が当直から上がって来ると、『巻波』士官室の後部側入口のカーテンをサッと開いて入って来る。すぐ右側にある小さな円テーブルの側で、チョンチョンと足踏みをするような調子で立ち止まると、両手から、黒く油で汚れた作業手袋を引き抜き、右手で摑んでポンとテーブルに置く。私が振り向いて、『暑かったろう、御苦労さん』と声をかけると、『ハアー』と答えてニコニコッと微笑む。そして服のポケットからハンカチを取り出して顔を拭うと、改めて私の顔を見てニコニコッと笑う。私は彼のこのときの真似をして士官室の連中をよく笑わせたものでしたが、その際も彼はニコニコと微笑んで、物静かに一同の和やかな雰囲気に解け込んでいました。朝起きて顔を合わせ、「お早よーす！」とニコニコ。難しい仕事を申しつけてもニコニコ。冗談を浴びせかけても、さんざんに冷やかしてもニコニコ。桑原君の〝微笑〟は、激烈な戦陣の中の『巻波』にとって、まったく救いの神でありました。

昭和十八年一月一日、『巻波』は恒例の東京急行作戦に突入しました。当日、士官室の黒板に桑原君の字で、つぎの句が書かれてありました。

年玉は　ガ島へ送る　米と弾丸《たま》

桑原君が戦死した二月一日の『巻波』被弾の際、私は艦橋にいましたが、ただちに当時珍しかったサウンドパワー電話（電源停止のときでも聞こえた）で機械室に、『本艦被爆、状況はどうだ？』と尋ねたところ、同期の機関長前田大尉から、『缶全滅、運転不能』の返事がはね返ってきた。とたんに『しまった、長付もやられたか――』と桑原君の顔が浮かんで来たのが昨日のようです。その直後、機関長から、『ドカンと来たとき、ほとんど同時に缶部指揮所からの警急ランプがパッと点灯した。あの瞬間によくもランプのボタンを押せたものだ』との話がありました。

それから二ヵ月たってトラックの浮きドックで桑原君の遺体を収容したとき、彼の右手は高く上に伸ばしたままの姿で我々の前に現われて来たのです。なんともすさまじいまでに崇高な軍神の御姿でありました」

これはクラスメートではなく、駆逐艦「巻波」水雷長だった兵学校六十四期余田四郎少佐の追憶談であるが、佐賀県立鹿島中学出身の桑原儀八は、期友の小山武雄（東京都杉並区在住）によれば、「寡黙のほうで積極的にいうことはしなかったが、問われれば彼なりのしっかりした信念にもとづく人生観を語り、佐賀の葉隠れ武士的な魅力があった」という。

乗っていた「巻波」が沈まず、遺体が収容されて、その壮絶な最後が確認されたことが、せめてもの慰めであろうか。

駆逐艦による強行輸送作戦は、その後もソロモンの多くの島々に孤立した陸上部隊に対する唯一の有効な補給手段とされ、これに軽巡洋艦、潜水艦まで動員して続行された。この結果、駆逐艦「新月」の辻村政雄が七月六日、伊号一七潜水艦の村永一男が十月二十七日、軽巡「川内」の亀井菊雄が十一月三日、軽巡「神通」の桜井一郎が十二月十二日、いずれもソロモン方面で戦死した。

なお、伊号三一潜水艦で五月十四日にアッツ島付近で戦死した田中光雄中尉、伊号九潜水艦で六月十五日にキスカ島付近で戦死した武田恒治中尉も、それ以前はソロモンでの輸送作戦に従事していたのである。

伊号三一潜水艦の田中光雄は、県立青森中学出身の「若き詩人でありエンジニアでもあった」(春山勝美)が、「ねばり強く黙々として頑張る反面、意外に憤慨居士で、いつも『なっとらん』とか『けしからん』とかいっていた」(小山武雄)という。しかし、腹を立てても大声で不平をならすのではなく、それを他山の石としてみずからの戒めとする、潜水艦乗りに向いたタイプだったようだ。

その田中も、「昭和十八年四月、アメリカ軍のアッツ、キスカ両島奪回作戦の開始にともない、乗艦する伊三一潜水艦は急遽、ソロモンから北太平洋に急行、激戦の中に敵の集中連続攻撃を受けて北海の底深く沈み、彼はふたたび私たちの前に姿を見せることはなくなった」(中嶋忠博)のである。

伊号九潜水艦で戦死した武田恒治は、クラスヘッドの今岡潔につぐ二番の成績で卒業した恩賜の短剣組で、静岡県立浜松一中から四年で機関学校に入った秀才だった。勝気で頑張り屋だった武田は、昭和十七年二月ごろ、パラオで再会したクラスメートの萬代久男に、「今度会うのは靖国神社で――」といい、その言葉どおり死んだ。だから「いまでもアルバムのパラオにおける武田の写真を見るたびに、追憶の涙にくれる」と、萬代は語っている。

伊号一七潜水艦の村永一男は、鹿児島県立種子島中学出身で、彼にはすでにすてきなエンゲがいた。

「その人は彼の保証人の娘さんで、種子島の女学校の先生であったとか。潜水学校時代、毎日、ときには朝に夕に水ぐきのあともうるわしい、しかも熱烈な愛情のこもった恋歌まじりの手紙が来て、同室だった原とともにそれを無理に読まされて、いまでいうトサカにきていたものである。彼はその風貌に似ず（失礼）きわめてハートナイスだったが、それが彼女の心を深く捕らえたものであろう」

同じく潜水艦乗りだった時忠俊の村永追憶の弁であるが、この時期以降、潜水艦の被害が急激にふえ、村永より少し遅れて十一月十三日にインド洋ペナン沖で戦死した万膳弘道中尉（伊号二四潜水艦）もそうだった。

鹿児島県立大口中学出身の万膳弘道は、潜水学校で一緒だった渡辺龍生によれば、「鹿児島弁の抜け切らない特有のアクセント、いつも折り目正しい服装は生徒時代そっくりだった」といい、遠洋航海を終わってから一年間の空母「加賀」乗り組み時代を除くと、あとは潜水艦ひと筋の〝どん亀乗り〟だった。

マレー半島のインド洋側、マラッカ海峡に面したペナン島は、当時この方面に作戦する日本潜水艦の基地になっており、シンガポールを基地としていた重巡「青葉」乗り組みの前波栄子は、万膳の戦死後三ヵ月たってペナンに艦が寄港したとき、伊三四潜水艦沈没の報をきいてそれを知ったという。

重巡「羽黒」乗組の本荘素秀大尉がのちに戦死したのも、このペナンからそう遠くないマラッカ海峡シンガポール沖で、「七つの海に雄飛を願った最も九州男子らしい九州男子が、最も西のインド洋ペナンとシンガポール沖に眠ることになったのも何かの因縁」（前波）であろうか。

ソロモンでの軍艦による緊急輸送での五十期二人目の戦死者は、駆逐艦「新月」の辻村政雄中尉（愛知県立豊橋中学出身）で、ラバウルからガダルカナルへの道程の三分の二くらいのところにあるコロンバンガラ島守備隊に対する輸送作戦中の戦死であった。このころはアメリカ軍も、日本の軍艦による輸送作戦を阻止すべく飛行機と多数の魚雷艇を配して網を張っており、軍艦の被害が日を追って増大していたのである。

「二分隊四号生徒六名の中で、容姿端正、所作洗練、俗にいう垢抜けていた辻村の周辺からは、いつもほのぼのとした温かさとウイットがあふれていた。陰陽相牽の原則に従い、彼とは性格が正反対の私は妙に彼に魅せられ、誘われるまま休日には行を共にして、大いに山野を歩きまわったものである。

写真をめくってみても、彼とのスナップ写真が非常に多いが、その中で、彼は常に適当にポーズをとっていることに気づく。近ごろテレビの影響で、政治家に限らず自衛官までが容姿や印象のほかに演出の才が求められているが、そんな点からすれば辻村などはあの時代から、すでにこれらの近代感覚を身につけていたわけで、いまならばモーニングショーの司会者によし、政治家によしで、現代にマッチした天賦の才が惜しまれてならない」

期友岩崎寛（神奈川県逗子市、故人）の語る辻村政雄の思い出であるが、「新月」に乗ってわずか三ヵ月後の戦死であった。

「あれ珍しや四本煙突の軽巡が入っとるぞ。『川内』か。どこぞ怪我したのかいな。まてよだれか乗っていないか。そうだ亀井だ。ガダルカナル撤退後も、コロンバンガラ、ベララベラ、チョイセルなど、中部ソロモンをコマ鼠のごとくかけずり回っていたはずだ。よし『一丁、陣中見舞』とばかり折よく春島基地方面に行く内火艇に乗った。後部ラッタルを昇るやよし、ちょうど折りたたみ椅子に腰かけて一服中の亀井を見つけた。気のせいか、何とはなしに肩を落とした風に見えた。

『おい、どうだ元気か』

『いよー、珍しいなあ。貴様こそ元気か』

『ごらんのとおり』

『ところで貴様、顔色が悪いぞ。連日連夜、敵制空権下の海面を走り回って、寝る暇もないのではないか』

『まったくだ。おまけにレシプロ（注、往復動ピストン式）の補機が多くて蒸気洩れが困りもんだよ』

『で、何の用で入港したんだ?』

『いやー、あちこち手直しがあってなあ。あさってふたたび出港だ』

『俺もすぐカビエン行きだ。陸兵輸送で』

『カビエンか、ちょいちょいビー公(注、B17爆撃機のこと)がくるぞ。機動部隊の艦載機もなあ。まあ、しっかりやろうぜ』

折から帰りの便到着を告げられて立ち上がった。

卒業後初めての終わり、まったくただの一回、約十分のなんの変哲もないやりとりであったが、なぜか印象に残っている。互いに明日をも知らぬ身であったせいか、あるいはラッタルをあがったとき目に飛び込んだ、彼の後ろ姿ににじむ戦闘の苛烈さのせいであったのか。しかし、対話中の彼の笑《え》みは、生徒時代十マイル駈け足後くず湯にありつき、『へっへっへー、きつかったなあ』とこともなげに笑っていた顔とそっくりだった」


昭和十八年に入ってからの水上艦艇による五十期三人目の戦死者となった軽巡洋艦「川内」の亀井菊雄中尉との最後の出合いを語るのは、重巡「利根」分隊長だった信耕正夫(堺市、故人)だ。

亀井が乗り組んでいた軽巡「川内」は、ミッドウェー海戦に参加したのち、昭和十七年後半からガダルカナル作戦をはじめソロモン方面で活躍していたが、昭和十八年十一月二日、ブーゲンビル島沖海戦で、敵艦の集中砲火をあびてムッピナ岬沖に沈没した。海中に投げ出された亀井中尉は、岸を目がけて泳ぎ進む途中、力つきて生還することはできなかった。

北海道庁立札幌第二中学出身の亀井菊雄は、小柄ながら敏捷で粘り強く、生徒時代にはマラソンで活躍した。しかし、北海道出身者の例にもれず、水泳はそれほど得意ではなかったという。彼の戦死は十一月三日となっている。

十二月十二日、軽巡「神通」で桜井一郎中尉が戦死したのは、駆逐艦「新月」の辻村と同じコロンバンガラ島付近であった。その桜井について、同じ軽巡「長良」分隊長だった清水通は語る。

「彼（桜井一郎）との最後の出合いは昭和十八年夏、彼は軽巡洋艦『神通』の分隊長、私も同じく軽巡洋艦『長良』の分隊長だった。いま考えればまだ二十歳を少し過ぎたばかりの若い青年であるが、すでに多数の部下をひきいていた堂々たる海軍中尉であった。

水雷戦隊をひきいて急遽、出撃の命をうけた『神通』が、トラック島泊地で重油の補給を受けるために『長良』に横付けをした。その重油補給中、私の私室で短時間話し合った。練習航海後、別れてから初めての出合いであった。この二年、太平洋戦争は緒戦の攻勢から守勢へと目まぐるしく変わり、その刻々を生きながら我々もまた成長した。

彼はほんとうになつかしがって、しゃべりまくった。私は彼の机上に、機関科教範などわずかばかり並べてあった本の中に、『伊藤左千夫集』という厚いりっぱな新刊本があるのを見つけた。彼が愛読書として特に手に入れたものと思われたが、読書好きの私も知らない人の名であった。

正岡子規の門下にあたる万葉調の詩人で、そのよさを彼は私に説明してくれた。彼がこのような詩人に興味を持っていることは驚きであったが、熾烈なる戦闘の中に、彼は伊藤左千夫を通して人間としての共鳴、喜びを見出し、またそれを高めていたのではないだろうか。

彼の顔色は日焼けして輝き、その骨格は一回りスケールが大きくなった感じだった。

彼との短時間の出合いの後、燃料補給を終わった『神通』は、すぐ戦場に向け出発した。

――苦境に立つコロンバンガラ増援部隊の援護のために。『神通』の最後は、その数日後であった」


岩手県立黒沢中学出身の桜井は、音楽、文楽、スポーツ何でも来いの才士で、生徒時代にはクラブでよくハーモニカを吹いていたという。兄一郎につづいて桜井の弟も一期下の五十一期として機関学校に入り、卒業後、第一線に出て兄と前後して戦死した。

昭和十八年中の機関学校五十期戦死者では、もう一人、陸攻隊の七五五空整備分隊長として、十月六日、マキン島北方マロエラップ島付近で戦死した小林公三中尉がいる。

当時、マーシャル諸島の北方にあるウエーキ島は、連日のように敵機動部隊の攻撃を受けていたが、中でも十月六日の攻撃は、艦載機約四百機による空襲に、艦砲射撃を加えるという激しいもので、在地の七五五空から派遣された一式陸攻四十四機が、すべて破壊されてしまった。

マーシャル群島のマロエラップ基地にいた小林中尉は、被害状況調査のため一式陸攻でウエーキに飛んだが、その帰途、敵戦闘機の攻撃で被弾し、マロエラップにたどりつきながら同島環礁内の海上に墜落、戦死と認定された。

小林は、田口、宮内、杉野、小川武らと三十期整備学生を一緒に終了し、航空に進んだ五十期の中で最初の戦死者となった。

長崎県立佐世保中学の出身で、クリスチャンの母のもとで育った小林と、その母についての痛切な思い出を中嶋忠博は語る。

「小林が戦死して間もない昭和十九年の春のころだったろう。私は彼の佐世保のお宅を訪問したことがある。当時ヨーロッパ戦線では、連合軍によるドイツの都市大空襲がはじまったころで、『最上』で負傷して佐世保海兵団にいた私は、もっぱら防空壕掘りばかりやっていたので、小林の戦死を華々しく語る材料はまったくなかった。もしお母さんが悲しい顔をされ、また涙をためて彼の話をされたらどうしようか、などとあれこれ考えながら参上した。

ところが、とても元気なお母様から、『あの子は本当によい子でした。あの子は神様のもとに召される準備ができたので、私たちより先に天国に召されたのです』とにこやかに話されたとき、本当に、いつでも神様のもとに召されるのにふさわしい清冽な彼の生前をいろいろ思い出した。

息子のことを華々しい戦死として誇るのではなく、その生活態度を信じておられたお母さんの姿がそのまま小林の日常だった」

こうして昭和十八年中の五十期戦死者は九名を数え、前年の四名を加えると十三名となった。翌十九年になると、一挙に二十名がこれに加わるが、戦いの主役が飛行機に移ったこともあり、航空部隊関係の戦死者が目立つようになった。パイロットになって戦死した杉野一郎以下の七名もこの中に含まれるが、彼らはもっとも困難な時期に、ほとんど経験のないまま苛烈な航空戦に突入せざるを得なかったのである。

第三部　苛烈なる空戦

第六章　生と死と

1

水上艦艇や潜水艦に乗った期友たちがぞくぞく戦死する中で、まるまる一年の、まずは平穏な飛行学生生活を送った機関学校五十期の八人にも、いよいよ巣立ちの日が訪れようとしていた。

戦闘機は大分、艦攻・艦爆は宇佐、陸攻は台湾高雄、新竹の各航空隊で実施された三十期飛行学生の実用機教程が三ヵ月で終わると、昭和十九年一月二十九日に各実施部隊への配属が発令され、さらに三月以降、本格的な配置が決まった。三月十五日、彼らは海軍大尉に進級したところから、兵科出の分隊長とまったく変わらない指揮権があたえられることになったが、なぜか分隊長の発令はかなり期日に開きがある。

八人のうち戦死した七人の正式な分隊長発令とその日付は、つぎのようになっている。

（いずれも昭和十九年）
田口俊一　二月二十日　台南航空隊分隊長兼教官
杉野一郎　五月十八日　第七六二航空隊分隊長
澤田　衛　十月　七日　攻撃第七〇三飛行隊分隊長
竹井改一　八月　一日　攻撃第七〇四飛行隊分隊長
横手高明　四月　一日　第三四五航空隊分隊長
蛭澤久也　四月十八日　戦闘四〇七飛行隊分隊長
小川　武　三月二十九日　攻撃第三飛行隊分隊長

台南空の教官兼務だった田口は、五月六日に同じく教官兼務で台南空飛行隊長になっている。また生存の宮内賢志は、飛行学生卒業後すぐに霞ヶ浦航空隊付として教官を七ヵ月やったあと、新鋭機「銀河」の操縦訓練のため八月二十日付で横空付となり、攻撃二六二飛行隊分隊長として発令されたのは昭和二十年三月二十六日であった。

分隊長になると責任が重くなるが、一番最初に分隊長になって、台湾に赴任した田口大尉が、母春子あてに出した昭和十九年三月四日付の手紙に、その一端がうかがえる。

「初めて分隊を持って、その訓練に忙しい毎日を送っております。去る（二月）二十九日着任しましたが、第一に暖かいだけでも台湾はいいところです。築城と違って、毎日、毎日、雲一つない良い天気で、飛行作業にはまったく恵まれたところです。隊内の空気もよく、愉快に勤務できると思います。心残りはもう少し内地で技術を上げてから来たかったことで、部下を指導する場合に少々物足らぬ気もします。

当地は御承知のように支那から敵機の空襲のおそれが多分にあるので、私たちは日曜といえども昼間は外出できません。昨日もさっそく警報があり、はじめてではあり少々緊張しましたが、敵はやってきませんでした。（中略）

内地ではまだ寒いのに、こちらはもう二十三度、少々、そちらが御気の毒な気がします。近いうちに分隊員をつれて、砂糖会社を見学に行こうかと思います。そちらでは乏しい砂糖が、どんどんできているのですから皮肉です。まだ二、三日にしかなりませんが、それでもだいぶ黒く焼けました。今度は当分お会いできないでしょうが、このつぎは真っ黒になっていることと思います。

和子がいなくて御淋しいでしょうね。（後略）」

このつぎに会うときは真っ黒になっているでしょうと、田口は書いているが、比較的平和だった台湾がこの半年後には敵機の大空襲にさらされ、彼が戦死したことにより、その機会は二度とおとずれることはなかった。田口が身内と会ったのは、クラスメートの原正道と結婚した妹の和子が、夫の実家への往復の途中、築城航空隊に寄ったのが最後だった。

陸攻に進んだ杉野一郎、澤田衛、竹井改一の三人も同じく台湾にいたが、昭和十九年一月七日付の澤田の父弘あての手紙によると、「今回、本隊は鹿児島県の当地へ移動しました」とあり、発信は「鹿児島県鹿屋海軍航空隊第一士官次室」となっているところから、十九年の年明け早々に内地に帰っていたことがわかる。

鹿屋で一ヵ月足らずを過ごした三人は、一月二十九日付で杉野が豊橋空付、竹井が宮崎空付、澤田が横空付に発令され、それぞれの任地に散っていった。

戦闘機組は横手、蛭澤、田口の三人のうち田口だけが築城空付となり、それから台南空に行ったが、横手と蛭澤はともに厚木空付をへて横手が三四五空分隊長、蛭澤が二二一空の戦闘四〇七飛行隊分隊長となった。

横手が行った三四五空（光部隊）は、昭和十九年一月十五日、兵庫県鳴尾基地で開隊された新しい航空隊で、すぐに第一航空艦隊（一航艦）の第六十一航空戦隊（六十一航戦）に編入された戦闘機隊だった。装備機は新鋭の「紫電」が予定されていたが、生産が順調に行かなかったので配備がおくれ、とりあえず零戦による訓練を開始した。その後、零戦の補充や部隊としての整備を進めているうちに、六月十一日からアメリカ機動部隊のマリアナ諸島攻略作戦が開始された。これに対して六月十五日に「あ号」作戦が発動され、彼我機動部隊の航空戦によりマリアナ沖海戦が起きたが、このとき六十一航戦を一航艦から切り離して新たに第二航空艦隊が編成され、三四五空は七月十日に解隊となった。ここで横手大尉は、即日三四一空（獅子部隊）の戦闘四〇一飛行隊分隊長に発令された。

三四一空というのは、昭和十八年十一月十五日、先に横手がいた三四五空と同じく「紫電」戦闘機を装備する予定で編成された航空隊だが、「紫電」が揃うまでの間、零戦と「雷電」でつなぎ、「紫電」の充足にともない、七月十日、白根斐夫飛行隊長の戦闘四〇一飛行隊と藤田怡与蔵飛行隊長の戦闘四〇二飛行隊に分かれた。つまり、横手大尉はここで初めて

「紫電」に乗ることになったが、これが大変な飛行機だった。

「紫電」は九七大艇や二式大艇などの四発大型飛行艇をつくっていた川西航空機が、飛行艇の発注減をおぎなうために急遽、水上戦闘機「強風」のフロートを取って陸上戦闘機に設計し直したもので、中翼のため引込脚の支柱が長いのが特長だった。その長い脚をいったん縮めてから主翼内に引っ込めるという面倒な機構を採用していたが、着陸のとき完全に伸び切らなかったり、ロックが不完全で左右の脚の長さが不揃いとなることがよくあった。陸上機に不慣れな川西の製品ということもあってブレーキの不具合もひどく、脚柱の故障とあいまって、着陸時に転覆する事故がしばしば起き、パイロットにとってはこわい飛行機だった。

三四一空は横手が入隊するまでは千葉県の館山基地にいたが、ここが前線に進出する部隊の中継基地としてごった返していたので、戦闘四〇一は鹿児島県の笠ノ原基地、戦闘四〇二は愛知県の明治基地に移った。ここで横手は、兵学校七十期の光本卓雄大尉らと一緒に飛行隊を引き締めていた。

昭和十九年八月はじめ、この明治基地に第十三期予備学生教程を首席で卒業した高牟礼春雄少尉（のち大尉、熊本県植木町在住）以下六名が着任した。

「そのとき横手分隊長と光本分隊長がいた。横手さんは、挨拶をしたら、『ウンウン、そうか』といって、まるで気さくな親父みたいな感じだった。そのとき『紫電』が一機降りて来た。光本分隊長が、『そこに座って見ておれ』というので、みんなで見ていたが、零戦にくらべてだいぶ大きいなと感じた。ところが、着地したとたんに、もんどり打って引っくり返ってしまった。すぐ飛んで行ったら、搭乗していた飛行兵曹の首がなかったのでびっくりした。〈ワー、こげん飛行機に乗らされるんなら、命は幾ばくもないぞ〉と思ったが、卑怯者と思われたくなかったので口には出さなかった。終戦後そのことをいったら、みんなもそう思ったという」

「紫電」は脚の具合が悪くて着陸時にはヒヤヒヤしたものの、零戦の二倍近い二千馬力エンジン「誉《ほまれ》」を積み、二十ミリ機銃四梃を装備した重量級戦闘機で、スピードも零戦より速いうえに自動空戦フラップという秘密装置によって、小まわりもきくという日本海軍期待の新鋭戦闘機だった。その戦闘機の分隊長に選ばれたのだから、横手の操縦技量はかなりのものだったに違いない。整備出身だけに飛行機についてはやかましかったが、「威張り散らすようなことはなく、サッパリした気性と熱心な指導ぶりで、みんなから尊敬されていた」（高牟礼）という。

蛭澤が行った二二一空は、三四五空と同じ昭和十九年一月十五日に笠ノ原基地で開隊した零戦隊で、最初はやはり六十二航戦に属していたが、六月十五日の同航戦の廃止で七月十日に新しい第二航空艦隊に編入され、同時に零戦四個飛行隊をようする大航空隊となった。当時、日本海軍の一個飛行隊の定数は四十八機だったから、補用機も入れると数字上は二百機近い数になる。もっとも昭和十九年ごろになると消耗に生産が追いつかず、定数割れの航空隊あるいは飛行隊が多かったが、二二一空はしっかり機数が揃っていた。

四個飛行隊のうち戦闘三〇八は蛭澤久也大尉、戦闘三一二は塩水流《しおずる》俊夫大尉、戦闘三一三は河合四郎大尉、戦闘四〇七は林喜重大尉がそれぞれ飛行隊長で、蛭澤は機関学校五十期出身パイロットの中では、田口についで二人目に早い飛行隊長だった。

四個飛行隊の四人の隊長は、階級はいずれも大尉だが、それぞれの経歴はかなり違う。塩水流大尉は一期上のコレスである兵学校六十八期で飛行学生は三期上の三十六期。河合大尉はもっとも古く、兵学校六十四期で飛行学生は三十一期の、もうじき少佐になろうかという大ベテラン。林大尉は兵学校六十九期でコレスだが、飛行学生は二期上の三十七期。しかも、この四人のうち飛行機による実戦を経験していないのは蛭澤だけだった。

こうして見ると、飛行隊長になるのが早いか遅いかは多分に運もあり、それだけに飛行経験がもっとも浅かった蛭澤にとっては重荷だったに違いない。

二二一空はあまりにも数が多いので、戦闘三〇八、三一二、三一三の三個飛行隊はそのまま笠ノ原で、林大尉の戦闘四〇七は鹿児島基地に移動して錬成を行なった。

機関学校二期後輩の岡健二中尉（のち大尉、旧姓前川、熊本市在住）が、笠ノ原基地で蛭澤に会ったのは、ちょうどそんなときで、岡が太田の中島飛行機に零戦を取りに行っている間に部隊編成が変わって二二一空が四個飛行隊となり、彼は蛭澤の戦闘三〇八飛行隊の整備分隊士となっていた。

「一日の飛行作業を終わった後、蛭澤さんが飛行場の隅で折りたたみ椅子に腰かけていた。防暑服の半ズボンに飛行靴、上は白のカッターシャツに茶色の色メガネをかけて、まるで街のアンチャンみたいだった」

岡中尉の見た笠ノ原での、ある日の蛭澤隊長の印象だった。いつもキチンとしたポーズがトレードマークだった蛭澤のリラックスぶりがうかがえるが、それは戦艦「武蔵」の艤装員時代に長崎の富貴楼で美女と牡丹と酒に囲まれてただニコニコしていたときと少しも変わらない、彼の自然流のスタイルだったかも知れない。

十月はじめのころだった。

そんな蛭澤のところに、同じ戦闘機乗りになった三四一空の横手高明大尉がひょっこりやって来た。

「何だ、蛭ちゃん、あんたもう飛行隊長か」

「まあな、何とかやってるさ」

「蛭ちゃんが隊長になるようじゃ、戦争も終わりだな」

「バカいえ、口惜しかったら、貴様も早く隊長になってみろよ」

遠慮のない、そして、心の底であたたかく通じ合うクラスメート同士のやり取りであったが、横手は戦闘四〇二飛行隊のフィリピン進出にもともない、戦闘機隊とともに明治基地から宮崎基地へ移動の途中に立ち寄ったものであった。

その夜、もちろん二人の間には語りつくせぬ話があったと想像されるが、翌朝、横手たちの「紫電」は、二千馬力エンジンの重々しい爆音をあとに南の空に向けて飛び去った。そして、これが蛭澤と横手の永遠の別れとなった。

2

宇佐航空隊で九九式艦上爆撃機による実用機教程を終えた小川武中尉と宮内賢志中尉は、昭和十九年一月二十九日付で配置が決まったが、実施部隊に行ったのは小川中尉だけで、宮内中尉はつい四ヵ月前に卒業したばかりの霞ヶ浦航空隊に逆戻りして四十期飛行学生を教えることになった。

小川中尉のほうは五〇二空付、六十二航戦付をへて三月十五日、海軍大尉に進級と同時に攻撃第三飛行隊付となり、同二十九日に分隊長として正式に発令された。

この飛行隊は最初、旧式の九九式艦上爆撃機（九九艦爆）と新鋭の「彗星」とで編成されていたが、のちに全機「彗星」に改編された。

当時、六十二航戦は一航艦の配下にあったが、とっておきの航空部隊として温存され、昭和十九年二月ごろから激化しはじめたマリアナ方面の戦闘やその後の「あ号作戦」にも参加せず、内地での訓練と整備に明け暮れていた。

その後、六十二航戦が一航艦から離れて新たに第二航空艦隊（二航艦）となり、攻撃第三飛行隊は二航艦の直属部隊である七六二空に属し、新編二航艦の虎の子部隊として大いに期待されていた。

飛行隊長は兵学校六十五期の池内利三大尉で、飛行機は新鋭だが、大半の搭乗員は練習航空隊を出たばかりの初心者だったから、小川大尉は部隊の基幹搭乗員である飛行兵曹長クラスの少数のベテランとともに部下の指導にあたった。

零戦よりも速く、爆弾もそれまでの九九艦爆の二百五十キロに対して倍の五百キロを搭載する「彗星」は、鈍速の九九艦爆で訓練を受けてきた未熟練搭乗員たちにとってはいささか荷が重く、訓練中に数名の死傷者が出たが、小川大尉は率先して指導にあたり、部下の信頼を深めると同時に、みずからの技量をも着々と高め、来たるべき決戦に備えていた。


台南空の教官になった田口俊一大尉も多忙だった。もともと台南空は笹井淳一少佐（二階級特進）をはじめ西沢広義、坂井三郎らのエースパイロットが揃った有名な航空隊であったが、昭和十八年四月一日に練習航空隊に改編され、戦闘機や艦攻・艦爆などの実用機教程を受け持つようになった。

田口は戦闘機の教官で、予科練（飛行予科練習生）や予備学生を教えていたが、飛行機が足りないので内地の大村まで引き取りに行ったり、しばしば起きる事故の処理や海軍葬の手配など、さまざまな仕事をこなさなければならなかった。そのうえ、中国本土からの偵察に対するスクランブルや東シナ海を航行する船団の上空直衛もやらなければならず、むしろ実戦部隊の飛行隊長よりも忙しいくらいであった。

そんな多忙な田口にとって、長崎県大村の航空隊に飛行機を取りに帰るのは最大の楽しみで、そのつど飛行学生時代に実用機教程を過ごした大分に寄っていたらしい。彼が台南空に着任する五日前の昭和十九年二月二十四日から戦死した十月十二日の朝まで欠かさずつけていた勤務日誌があるが、内地に飛行機を取りに帰った記事の隅に、「（大分で）S《エス》どもの顔を見に杉ノ井に行く」「水交社、千代チャン、カヨチャン」などの文字が見られる。杉ノ井は別府の「杉ノ井旅館」で、ここに田口と親しいエスがいた。千代チャン、カヨチャンがその彼女だったのであろうか。

訓練は大変だったようで、素質低下が原因かどうかは分からないが、殉職の記事がひんぱんに見られる。もっとも四月五日には、田口自身もすんでのところで海軍葬になりかねない事故を起こしている。

「寝不足の顔をして飛行場に出たのがそもそもの原因だった。着陸時やや軽い落下。あいにく地面は柔らかい土で右車輪をとられ、あっという間に前に引っくり返った。しばらくは気がつかない。気がつけば座席の横から、股から上が外に出て、手はしっかり押さえられて出るに出られぬ。どこか傷はなかったかと考える。近くにいた本島人の人夫が駈けてきて翼を持ち上げてくれたので、やっと手を動かして腰バンド、落下傘バンドをはずして外に出る。顔の土を払って見るが、血は出ていない。トラックで教員連中がやってきた。車輪のあとを見る。

指揮所に帰っても、しばらくは何が何だかわけが分からず、ただぼんやり椅子に座っていた。だれか人がやったような気がする。練習生が報告に来るので、少し我にかえる。部屋に帰っても何だか変な気がする。しかし、怪我しなかったのが不幸中の幸い、不思議なくらいなり。少しでもあの位置で違った方向に身体が向いていたら、大なり小なり怪我をしていたに違いない。

別科時、教員、練習生に座学。少々恥ずかしい気がする」

前夜、転任する隊員の送別会があり、二日酔いのまま飛行機に乗ったのが原因だったようだ。

飛行訓練は九六艦戦の複座型および零戦改造型である二式練習戦闘機が使われていたが、「雷電」もあったようで、田口は、この「雷電」でもヒヤリとした経験を味わっている。

着陸して百五十メートルほど滑走したところで右車輪のタイヤがパンクして右にまわされたものだが、このときは左脚を曲げた程度ですんだ。しかし、このころになると飛行機の製造品質が落ち、故障発生が多いことも、田口にとっては悩みだったことが日記の端々にうかがえる。

こうしている間にも、敵機の来襲する公算がしだいに大きくなっていたが、その最初の現われが七月三日であった。田口の日記によると、この日、P38一機が偵察のため台南空の上空に飛来し、「よき獲物とばかり追いかけたが発見せず」とあり、このころから敵が台湾各地の飛行場などを、しりきに偵察していた様子がうかがえる。

ロッキードP38は、本来、双発双胴の単座戦闘機だが、これを複座としてカメラを積み込んで写真偵察機としたものを、アメリカ軍はしきりに使っていた。排気ガスタービンを装備し、高空を高速で飛ぶP38を零戦で捕捉するのは困難だったが、このときは大胆にも高度二千メートルで進入して来たのであった。

九月に入ると、比較的平穏だった台湾にもただならぬ気配が感じられるようになり、九月四日の兵庫の消印のある家あての田口の手紙にもそれがうかがえる。

「戦局の推移につれてどこも同じとは思いますが、だんだん生活も窮屈になっていることでしょう。台湾生活も半年になりましたが、だいぶ板につきました。戦局はいっそう身近に感じますが、植民地だけに幾分暮らしやすい点もあります。その第一は果物の豊富な点です。

さて、こちらで陸戦の用意が必要で、さしあたり事業服（カーキ色のもの）一着、編上靴一足、乗馬ズボンをお送り下さい。（後略）」

マリアナ諸島を手に入れた敵のつぎの攻略目標がフィリピンか台湾かと想定されていたところから、万一、敵が台湾に上陸したときの陸戦の心づもりと思われる。実際には敵は台湾には上陸せず、大規模な空襲を敢行したので、田口は陸戦ではなく空に上がって戦死した。

3

田口も含めてパイロットになった八人が、それぞれ決戦に備えて訓練を励んでいた間に、中部太平洋の南洋諸島の広大な海域をめぐって戦闘が激化し、多数の五十期の期友たちが戦死した。

昭和十九年二月一日、アメリカ軍は日本の最東端の前線基地であるマーシャル諸島を攻略すべく、クェゼリン、ルオット両島に上陸、六日に両島守備隊五千八百名が玉砕した。前年十一月のギルバート諸島のマキン、タラワ両島の玉砕につぐこの両島の失陥は、アメリカ軍に強力な足掛かりをあたえることになったが、彼らの目的はこの両島よりも、周辺海域に広がる広大なエニウェトク環礁の占領にあった。そこで日本軍の反撃を、前もって阻止すべく二月十七日に南洋群島最大の基地だったカロリン諸島のトラック島を空襲した。

日本の真珠湾と彼らが呼んだこの空襲は、スプルーアンス海軍大将麾下の空母九隻、戦艦六隻を基幹とする大機動部隊によって十七、十八日の二日間つづけられた。初日の十七日、アメリカ軍艦載機は九波、のべ四百五十機による執拗な攻撃を行ない、情報の不備から防備の手薄だった日本軍の虚を衝いて、地上および空中で航空兵力をほぼ全滅させてしまった。

翌十八日は、もう立ち向かう日本機のいないトラックの港湾上空を、わが物顔に飛びまわり、碇泊していた艦船を狙い撃ちした。

この二日間にわたるのべ一千機におよぶ空襲で、喪失した飛行機約二百七十機、軽巡「那珂」以下十一隻の艦艇と輸送船三十二隻が沈没、ほかに艦艇十一隻大破という大損害をこうむり、地上も格納庫をはじめ弾薬、食糧庫などの破壊と一万三千トンの燃料をつめた燃料タンク三基炎上という被害を受けた。

当時トラック島には、旗艦「武蔵」をはじめ、戦艦「長門」「扶桑」、重巡「愛宕」「鳥海」など多数の連合艦隊艦艇がいたが、アメリカ機動部隊の来襲近しと見た古賀峯一司令長官は、空母が一隻もない状態では決戦は無理であるとして、「武蔵」以下の主力部隊に対しては、すでに一週間前に出港を命じていたため難をまぬかれた。

このトラック大空襲の前日――二月十六日、軽巡洋艦「阿賀野」がトラックを出港した。「阿賀野」はラバウルで魚雷を受け、トラック回港中さらに魚雷を受けて航行不能となり、軽巡「能代」に曳行されて入港後、応急修理を受けた。その後トラックを基地にして内南洋に散在する島々への軍艦による補給作戦に従事していたが、二月十六日、出港したあと、敵潜水艦の雷撃により沈没した。この「阿賀野」には、五十期の高橋嘉治中尉が乗っていた。

「女性にしたらどんなに優しく美しい人になっただろうと思わせた」（寺本了）高橋嘉治は兵庫県立神戸二中の出身で、肉体的にそう頑健というほうではなく、性格もおっとりとしておとなしかったという。しかし、その内に秘めた闘志は、やはり海軍軍人のそれであったことを、期友中嶋忠博のつぎの言葉が伝えている。

「昭和十八年秋、ラバウル港で夜の出撃に備えて準備しているところを空襲され、私の乗っていた重巡『最上』も、数発の爆弾を受けて大破した。単独航行で、やっとの思いでトラック島にたどりついたときに、『阿賀野』に乗っていた高橋の慰問をうけた。すでに敵の勢力が増大しつつあり、こちらの士気はようやく沈滞しはじめていたときだった。そのうえ大破した艦で、敵潜水艦や飛行機の目をかすめながらの航海だから疲労困憊その極に達し、いっそあの爆撃で死んでしまったほうがよかったなどと思っていたが、いつもに変わらぬにこやかな高橋の来訪は、地獄で会う仏様以上の気がした。

彼の艦もどこかの戦闘で甚大な被害を受けたことがあり（注、ラバウルからトラックへ回航途中、敵潜水艦の雷撃を受けた）、携帯食糧ばかりで飲料水さえ不自由な中で、被害個所の修理や負傷者の手当で三日三晩、一睡もできぬ航海をつづけたことがあったそうだ。『人間あんまり疲れると、自然に小便が流れ出るものだよ』と話してくれたが、そんな話も彼から聞くと、少しも苦労に聞こえないから不思議であった。まるで小学生が遠足の話でもするような淡々とした話し方は、彼の人柄を感じさせるとともに、ふたたび新しい力を私にあたえてくれたものだ。

どんな悪人が世の中にいようと、彼のような人を殺すことなどできるはずがないと考えていたのだが、彼の戦死を聞いたときは戦争の残酷さをつくづく感じた」

高橋の戦死は昭和十九年二月十八日となっている。

4

二月はじめ、マーシャル諸島のクェゼリン、ルオット両島を占領したアメリカ軍は、なおこの方面を完全に勢力権下におさめるため、トラック諸島の日本軍基地を無力化するいっぽうで、クェゼリン、ルオット両島の東にあるウォッゼやマロエラップ島などの掃討作戦を開始した。

当時マーシャル方面には、零戦の二五二空が展開していたが、アメリカ軍艦載機の空襲で飛行場施設の損害がひどいうえに飛行機もなくなったため、二月五日の夜、ウォッゼ、マロエラップ、ブラウンなどの島々にいた搭乗員約百二十名が飛行艇と陸攻で救出され、地上員は取り残された。その中に、整備の責任者として活躍していた宮崎篤躬分隊長がいた。その後、飛行隊のいない丸裸同然のマロエラップ島は、アメリカ軍の激しい砲爆撃にさらされ、宮崎は地上で戦死した。

宮崎の戦死は昭和十九年三月三十一日、となっており、奇しくも山本五十六大将の後任となった古賀峯一連合艦隊司令長官の殉職と同じ日だった。

古賀長官は不運な人だった。山本長官亡き後を受けてトラックで全般作戦を指揮していたが、二月十七、十八日の大空襲でトラックの基地機能が失われ、旗艦「武蔵」とともにパラオに後退した。

そのパラオも安全ではなく、三月三十日にアメリカ機動部隊の大空襲を受け、トラックのときと同様、艦隊主力を退避させて自分は陸に上がったが、「武蔵」が雷撃をうけて内地に修理に帰ることになったため乗るフネがなくなり、指揮所をフィリピンのダバオに移すべく飛行艇で移動中に行方不明になってしまった。豊田副武《そえむ》大将が後任になったが、相つぐ連合艦隊司令長官の死は、急坂を転がり落ちるような日本の退勢を象徴的に示していた。

その後も敵はトラック、パラオに対する大規模な空襲をしきりに繰り返したが、それより先の三月一日、日本海軍は第一機動艦隊を編成し、司令長官には空母の用法に関しては第一流の専門家である小沢治三郎中将が任命された。この艦隊の主力は、空母「大鳳」を旗艦とする三個航空戦隊九隻の空母で、山本長官時代に主力といわれていた「大和」「武蔵」以下の戦艦部隊は、第二艦隊としてはじめての脇役にまわった。

アメリカが真珠湾攻撃での戦訓を取り入れて、いち早く空母中心の艦隊編成に切り替えたのに対し、二年以上も遅れてやっと実現したこの遅れのツケは、この三ヵ月後に壊滅的な敗戦となってはね返ることになるが、いずれにしても当時の連合艦隊の総力をあげた決戦態勢ではあった。

このころ、東京の大本営では、アメリカ軍の進攻に対してどこで迎え撃つかについて作戦計画が練られていた。その結果、敵の大規模な次期進攻は五月末から六月中旬であり、その目標はマリアナ諸島のサイパン方面か西カロリン群島のパラオ方面であろうと判断したが、そのどちらに来るかについては決めかねていた。

日本としては燃料補給線が長くなるマリアナよりは、北ボルネオの油田地帯に近いパラオでの決戦のほうが都合がいいと考え、マリアナ群島のサイパン、テニアン、グアムなどには強力な地上兵力と基地航空部隊を投入して敵が進攻しにくいようにし、パラオ近海に敵を誘い出して決戦するという想定をつくり上げた。いってみれば、こちらの都合による虫のいい作戦だったが、当時のニューギニア方面の敵の来襲状況からすれば、この二者択一はやむを得なかったといえるかも知れない。これは「あ号」作戦とよばれ、五月二日に決定された。

いっぽう、トラック島を空襲によって無力化することに成功したアメリカは、トラックを避けるためカロリン群島に迂回する必要がなくなり、マリアナ群島を直接攻略する自信を得た。そして三月十二日には、早くもサイパン、テニアン、およびグアムをつぎの目標とし、この計画を六月に実施することを決めた。

つまり進攻の時期については大本営の読みもほぼ一致していたが、これほど早くからマリアナ諸島への進攻が決定されていたにもかかわらず、それをキャッチできなかったことは、情報戦で敗れたともいえるミッドウェー以来の日本軍の欠陥が、いぜんとして改まっていなかったことを示すものであった。

五月二十日、「あ号」作戦が開始され、新編成の第一機動艦隊は、ボルネオ北東端のタウイタウイ泊地に集結し、基地航空部隊である一航艦は、パラオ、ヤップ、マリアナ方面に展開して機をうかがうことになった。このころ、アメリカ機動部隊の動きがふたたび盛んになりつつあったが、その機動部隊を攻撃した呂号四五潜水艦がやられて中俣清大尉が戦死し、昭和十九年に入って五十期三人目の戦死者となった。

「呉潜水学校庁舎前の目も覚めるような芝生の一隅に白兎が飼ってあった。昼食後の休み時間によく学生四人で腰をおろし、戦地にある級友のことや生徒時代の思い出話をして一時間をのんびり過ごしたものだが、中俣はよく兎を取り出して楽しんでいた。ふしぎと彼にはなついていたように記憶している。

彼とは毎日のようにグリーン（呉の料亭）に行った。潜水学校から水交社に寄って羽織、袴に着替え、それからグリーンに行くのが日課であり、定期便でもあったように思う。

卒業も近づき、気分的にもっとも快適なある日、一期上の先輩と痛飲して定期便の時間が大幅に狂ってしまい、潜水学校に帰ったのは、もう夜もすっかり明けた翌朝の五時ごろだった。講義がはじまるや早々と、仲よく深く静かに居眠り潜航したことはいうまでもない。

卒業と同時に中俣は横須賀、小生は神戸へとそれぞれ就役まもない艤装中の潜水艦に着任することとなった。他の諸兄とも同様であったが、明日にでもまた会えるような気安さで、『元気で頑張ろうぜ』といいながら手をあげて彼と別れた」

潜水学校時代の中俣について、同じく潜水艦乗りになった同期の渡辺龍生（茨城県三和町在住）はこう語っているが、中俣は平泉澄博士に傾倒した憂国の志士であった反面、『万葉集』を愛し、みずからも多くの和歌を詠んでいる。

明くる朝　暮るる夕べも絶え間なく　降り積む雪は窓に及べり

何時しかに　荒れし吹雪のおさまりて　半弦の月皎々と照る

彼の和歌はおりおりの季節や行事を詠んだものが多いが、二号時代に現在の心境として、つぎの二首を詠んでいる。

ひたすらに愛し抜くべし汚れたる　うつせみの世を愛しぬくべし

涙あり憤りあり憂いあり　愛に生くべき人の心に

二十歳前後の多感な青年が、汚れた世に憤りを感じながらも、なお求めて止まなかった〝愛〟の対象とは一体、何だったのだろうか。それは祖国であり、同胞であり、彼はその愛を抱きながら二十四歳で南の海に散ったのである。

タウイタウイ泊地に集結した空母部隊は、外洋に出ると敵潜水艦にやられるおそれがあるので、搭乗員の洋上での訓練が十分にできないまま時を過ごした。そのうえ連合軍がニューギニア北岸の日本軍拠点を飛び石伝いに占領し、五月二十七日、パラオ群島にもっとも近いビアク島に上陸したので、「渾」作戦と名づけられたビアク島奪回作戦のために第一機動艦隊の一部を割いて二度にわたる救援作戦を実施したが、失敗に終わったばかりか、貴重な航空戦力をひどく消耗させてしまった。

こうしてニューギニア北部の沖合で無益な一週間を費やしているうちに、六月十一日、アメリカの大艦隊がマリアナ方面に現われ、徹底的な空襲によって基地航空兵力を無力化したのち、六月十五日、サイパン島に上陸した。ここでやっと敵の目標がマリアナ方面にあったことに気づいた連合艦隊司令部は、「あ号」作戦の決戦発動を第一機動艦隊に発した。翌十六日、戦艦「大和」「武蔵」以下の各戦隊とフィリピン東方洋上で合流し、決戦場に急いだが、その総兵力は空母九隻、戦艦五隻、重巡十一隻を含む艦艇五十七隻、母艦搭載機は約四百四十機で、主力の戦艦部隊が空母部隊の後方はるか三百カイリにいたミッドウェー海戦を別にすれば最大の兵力だった。

対するスプルーアンス大将ひきいるアメリカ艦隊は、空母十五隻、戦艦七隻、巡洋艦二十一隻を含む艦艇百隻以上（上陸部隊の輸送船団は別）、母艦搭載機は約九百機で、ミッドウェーのときとは逆にすべての点で、兵力はアメリカが上まわっていた。しかも小沢艦隊が頼みとしていた基地航空兵力は、アメリカ軍の上陸に先立つ空襲で全滅していたのである。

こうして六月十九日、日米両軍の大艦隊がマリアナ海域で激突したが、双方の兵力と飛行機搭乗員の技量の差が勝敗を決し、十九日には主力空母の「大鳳」と「翔鶴」が、二十日には客船「出雲丸」を改造した空母「飛鷹」が沈み、飛行機隊のほうは米軍パイロットたちが〝マリアナの七面鳥狩り〟と揶揄したほどにつぎつぎに撃墜され、残存母艦機はわずか二十五機に減ってしまった。

十九、二十日の両日にまたがるマリアナ海戦で、「大鳳」に乗っていたクラスヘッドの今岡潔大尉、「翔鶴」の中村胤敏大尉、「飛鷹」の中尾高明大尉の三人が戦死した。

以下、この海戦に六五二空分隊長として空母「隼鷹」に乗っていた信田義朗大尉の語る今岡と中尾の最後である。

「『あ号』作戦のためタウイタウイ泊地で飛行訓練中の一日、打ち合わせのため一航戦旗艦『大鳳』を訪れた。打ち合わせを早々にすませ、同艦に機械分隊長として乗っていた今岡の私室を訪れ、しばらく話をした。彼は生徒時代と変わらないきれいなひとみで、落ち着いて話をした。話は自然と来たるべき決戦のことになっていった。俺は航空隊員としての希望を述べ、彼は彼としての所感を述べた。その中で彼が、『現在は機動部隊すなわち航空機が主戦力として活躍しているが、これは一時のことで、最後の決戦は結局、戦艦同士の砲戦になるだろう』といった言葉がいまも耳に残っている。それから数日後、『大鳳』はマリアナ海域で敵潜水艦の魚雷を受け、艦内に洩れて充満した気化ガソリンの引火で大爆発を起こし、俺たちが見まもる中を茜色に輝く夕空を背景に、真っ黒な船体を垂直にして海底深く沈んでいった。

今岡も、大艦巨砲主義の言葉を残して、艦と運命を共にしたのである」

「俺は『隼鷹』、中尾は『飛鷹』に乗り組み、『あ号』作戦に参加した。両艦ともに全力をあげて発艦、着艦、収容と多忙のうちに十九日は暮れ、二十日がやってきた。わが方の存在を確認した敵機の来襲がはじまり、朝から第一次、第二次と攻撃にやって来た。そして、夕方近くの最終攻撃でわが方に徹底的な打撃をあたえたのである。この攻撃で僚艦『飛鷹』は沈没したが、中尾は艦橋への直撃弾で全身に被弾して、壮烈な最期をとげた。『隼鷹』も中破し、俺は頭部に至近弾による盲貫弾片創を負い、彼の乗艦の最期を確認することはできなかった」

愛知県立熱田中学出身の中尾高明は、期友の寺本了によれば、「顔かたちはもちろん声まで静かで、温和な風格とやや外股に歩いていた格好が忘れられない」といい、整備学生は杉野、澤田、小川、田口、宮内、それに信田らと同じ三十期で、昭和十八年三月からは第二航空戦隊で、信田とずっと行動を共にした仲であった。

中村胤敏大尉の戦死も、「大鳳」の今岡潔とまったく同じで、敵潜水艦の雷撃による蒸発ガソリンの引火で乗艦の「翔鶴」が誘爆を起こして沈んだものであった。そして二隻の大型空母が、まだ発進していなかった百機近い飛行機を抱いたまま沈没したことにより、早くもこの戦いの勝敗は決してしまった。

マリアナの悲劇はなおもつづいた。六月十五日を皮切りに、アメリカ軍はグアム（七月二十一日）、テニアン（七月二十四日）にあいついで上陸し、これらの島々にいた守備隊のほとんどが降伏することなく戦死した。当時〝玉砕〟という言葉がはやったが、大本営発表によれば、サイパンが七月七日、テニアンが八月一日、グアムが八月十日、それぞれ玉砕した。

これらの島々には、サイパンに一航艦司令部付の小松貞夫大尉、テニアンに同じく一航艦司令部付の片山次明大尉、攻撃七〇六飛行隊分隊長の久保庭保明大尉がいた。この三人はいずれも途中で飛行学生に変わった竹井、横手、蛭澤らと同じ三十一期整備学生出身で、すでに十分な実戦経験を持つ中堅指揮官として各部隊で活躍していた。

小松、片山両大尉は、六月十五日付で一航艦司令部付となっているが、こうした場合は次の正式発令までの仮発令であることが多いので、おそらく近日中に他の部隊に転勤が予定されていたと思われる。しかし、不運にも発令と同じ日に敵のサイパン上陸が開始され、小松は地上戦闘に巻き込まれてしまったようだ。同じ理由で片山もテニアンで戦死したが、一緒に戦死した久保庭も、トラックからテニアン経由で内地に引き揚げる途中で敵の上陸にあったものだ。

彼らの最後の様子はいずれも不明だが、戦死の日付はサイパンの小松貞夫が七月八日、テニアンの片山次明と久保庭保明の二人が八月二日で、それぞれ守備隊からの玉砕の報が入った翌日となっている。

東京府立七中出身の小松貞夫は、整備学生同期の寺本了によると、「身体は大きいわりに温和で、小さな声で静かに話をしていた」一男であり、その大人《たいじん》ぶりについて、宮内賢志はつぎのように語っている。

「整備学生で羽田における飛行訓練のときだった。彼はどちらかというと、クラスでも戦艦『大和』型の泰然自若としているほうで、手先のことはあまり器用ではなかった。離着陸訓練を終わって飛行機を格納庫に収納しようとして地上滑走中、風にあおられた。彼のごとき大人物でも、一瞬、あわをくったのか、石垣に飛行機をぶつけて壊したが、彼は何事もなかった。

また彼の怪力は五十期随一で、秋季運動会で、重い十五センチ砲弾揚げ競技のときに、いかんなく発揮された。彼の酒保における『しるこ』十三杯の記録は衆目の認めるところだったが、何十キロもある砲弾を十数回も揚げたことは驚異のまとであり、ついに彼の記録を破る者は現われなかった」

熊本県立御船中学出身の片山次明は、「九州健児らしからぬハンサムボーイで、とりわけ純情なりし童顔といかにも子供っぽい仕草は、機関学校、整備学生時代を通じて我々にとかくの話題とうるおいをあたえてくれた」と、同じ三十一期整備学生出身の寺本了は語る。

四年から入った秀才の片山は小柄ではあったが、一浪して入った岩崎寛によれば、「学究肌で理数系とくに数学に抜群の冴えを見せていたことを思うと、いま元気でいてくれたらさしづめ大学教授あたりがピッタリ」だったという。

茨城県立土浦中学出身の久保庭保明は、「背がすらりと高く、クラス随一の剣道の達人」(吉村幹男)であり、大食漢という点ではサイパンで戦死した小松といい勝負だった。三十一期整備学生で片山や久保庭と一諸だった吉村は、昭和十九年四月、トラック島で久保庭と再会した。

「夕食をともにし、久方ぶりの楽しい時間を過ごしたが、その後、私は所属していた七五三空の再編のためテニアンをへて内地に帰った。

少し遅れて久保庭も同じ経過をたどって内地に引き揚げる途中、たまたま立ち寄ったテニアンで敵の上陸進攻にあい、玉砕してしまった。

私もその寸前の状況まで追い込まれた経験があるが、整備員は地上戦闘になったらじつに悲惨で、片山、久保庭両君の戦死の模様が手に取るように想像できる。整備学生同期であり、同じ道を歩んだ一人として両君に対する愛惜の念一入《ひとしお》なるものがある」（吉村）

重要な島々をことごとく奪われ、大敗に終わったマリアナ方面の戦いと前後して、第一機動艦隊もかかわっていたニューギニアのビアク島も六月二十八日に守備隊が玉砕して敵手に落ちた。敵はこのあとモロタイ、ペリリュー、アンガウルと攻めのぼってくるが、七月二十八日、ニューギニア方面で作戦していた呂号三六潜水艦乗り組みの小川毅一郎大尉が戦死した。多くの潜水艦の例にもれず、その最後の様子は明らかではないが、同姓で同じ横浜出身だったところから、仲のよかった小川武が、整備をへて飛行機操縦の道に進んだのに対し、小川毅一郎は最初から潜水艦ひとすじの〝どん亀乗り〟であった。

神奈川県立横浜三中出身の小川毅一郎（小川武は横浜二中）は、日本郵船の豪華客船「鎌倉丸」の船長の息子で、二号時代に三分隊で一緒だった小山武雄（東京都杉並区在住）によれ

ば、

「〝野象〟のあだ名のごとく、分隊の先任として、クラスの者だけでなく下級生の面倒もよくみてくれた。寡黙のほうであったが、真面目な顔をして、ときどきとぼけたシャレをいったりして、みんなを笑わせていた。

分隊対抗のラグビー試合で優勝したときの、彼のころがるような突進の姿が目に浮かぶ。二号のときの夏休みに一つ下の級の杉全君、吉池君および小川の弟さんたちと、箱根芦の湖にキャンプに行ったが、山窩の移動のような大荷物を背負ってみんなを指図していた〝野象〟ぶりが懐かしく、あの人なつっこい笑顔がたまらない魅力だった」という。

この野象のごとき小川はふしぎと人望があり、このころ台湾の台南空で予科練や予備学生の教官をしていた田口俊一も、彼ときわめて親しかったようで、八月二十八日の日記に、彼の死を悼むつぎのような記述が見られる。

「和子（注、期友の原夫人となった妹）の手紙で、小川の戦死を知る。卒業以来、一度も会ったことはなかったが、俺の唯一の親友。彼も死んでしまった。彼となら一緒に死んでも悔いはないと思っていた。だから死んで彼に会えると思うと、死ぬことにも楽しみができた」

これほどまでに友だちに思われる小川も、男冥利につきるというものだが、そう書いた田口も、それから一ヵ月半たった十月十二日、親友の後を追って戦死した。ちなみに田口がこれを書いたのは、ちょうど満二十四歳の誕生日であった。

第七章 〝幻の大戦果〟

1

マリアナ沖海戦の大敗により、空母「大鳳」「翔鶴」「飛鷹」が沈没、残りの空母もそれぞれ損傷を受けて戦闘に耐えられなくなり、空母兵力の大半を失った連合艦隊は、丸裸同然の水上艦艇集団となってしまった。しかもマリアナ諸島を失ったことは、日本が絶対国防圏と考えた一角がくずれ去り、国防最前線が本土、南西諸島、台湾、フィリピンを結ぶ区域にまで後退したことを意味し、日本本土が空襲にさらされる危機が増大した。

大本営は、先の中部太平洋の敵のつぎの進攻がパラオ諸島かマリアナ諸島かで迷って判断がはずれた「あ号」作戦の失敗から、つぎの敵の進攻を四方面に想定し、七月末にそれぞれの数字に「捷号」を冠した作戦準備を発令した。

捷一号　フィリピン方面

捷二号　九州南部、南西諸島および台湾方面

捷三号　本州、四国、九州地方および、状況により小笠原方面

捷四号　北海道方面

これとほぼ時を前後して、連合軍（アメリカがほとんど主であるが）でも、サイパン占領後のつぎの攻略目標についての検討を開始していた。

それには三つあった。フィリピン――台湾――日本本土の経路をたどるのが第一、フィリピンを飛ばして直接、台湾と琉球（沖縄）を攻略するのが第二で、この二つは従来あった計画であった。そして第三は、それまでの計画を白紙にもどして日本本土直接攻略を含む新計画で、さすがにこの第三の計画は犠牲が大きすぎるという理由で却下された。

第一と第二の案については、フィリピン攻略を主張するマッカーサー陸軍司令官と、台湾と琉球攻略を主張する海軍のキング、ニミッツ両提督と意見が対立したが、統合参謀本部はマッカーサーの意見を採用し、ニミッツ、マッカーサー両大将に対して九月十五日、「十月二十日レイテ攻略」を指示した。

日本の大本営も、フィリピンにつぎの決戦が起きるであろうと判断し、「捷一号」を主とした決戦準備をはじめた。期せずして日米両軍の思惑が一致することになったが、この間はあれほど暴れまわったアメリカ軍機動部隊も、つぎの攻撃準備のために、しばらく鳴りをひそめた。両軍とも、きたるべき決戦にそなえ、もっぱら戦力の整備に時をついやしていたのである。

これよりも先、日本海軍はマリアナ沖海戦で潰滅した航空兵力を再建するため、七月十日に航空隊の大改編を行ない、航空隊およびその配下の飛行隊を大幅に入れ替えた。この時点で霞ヶ浦航空隊の教官だった宮内賢志を除く七人の所属は、つぎのようになった。

第一航空艦隊

竹井改一（一式陸攻）　七六一空攻撃七〇四飛行隊

蛭澤久也（零戦）　二二一空戦闘三〇八飛行隊

横手高明（紫電）　三四一空戦闘四〇二飛行隊

澤田　衛（一式陸攻）　七五二空攻撃七〇三飛行隊（のちに七六二空に編入）

第二航空艦隊

杉野一郎（一式陸攻）　七六二空攻撃七〇八飛行隊

小川　武（彗星）　七六二空攻撃第三飛行隊（のちに七六一空に編入）

田口俊一（零戦）　基地（乙）航空隊（台南空）

ここで田口だけが隊名に数字のない基地（乙）航空隊となっているのには理由がある。

この七月十日の航空隊の大改編では、航空艦隊以下の飛行部隊の編成替えと同時に、航空隊を特設飛行隊を持つ甲航空隊と、飛行機の整備や飛行部隊の支援などの基地業務を主とする乙航空隊の二種類に分ける、いわゆる空地分離制度が採用された。このころになると飛行隊の移動がひんぱんになり、そのつど多数の地上要員や器具物品を輸送するのが大きな悩みになっていたが、この制度によって、移動は比較的身軽な飛行部隊だけですみ、移動が迅速になるとともに、その手間や輸送の経費が大幅に省略されることになった。

こうしたメリットの反面、当初から懸念されていたように、パイロットと整備員との緊密な一体感が薄れ、整備員は不慣れな機体やエンジンを扱わなければならないという弊害も生まれた。とくに横手が乗った「紫電」、宮内の「銀河」、小川武の「彗星」などに、その傾向が多かったようだ。

この空地分離の結果、甲航空隊は複数の特設飛行隊と、司令以下最小限の指揮、管理スタッフで編成され、航空隊名は番号で呼ばれた。先の蛭澤の例でいえば、第二二一航空隊は戦闘三〇八、戦闘三一二、戦闘三一三、戦闘四〇七の四個特設飛行隊で編成されていた。なお甲航空隊は、各航空艦隊司令長官の直率とされた。

乙航空隊は飛行機を持たず、担当する基地群を必要とする飛行部隊に提供し、あるいは飛行機隊の指揮を命ぜられた場合に、その指揮をとることができるようにそなえるものであった。乙航空隊には防空隊、見張隊、設営隊なども編入され、航空隊の名称には、田口の台南空のように地区名がつけられていた。

2

嵐の前の静けさのような戦争の谷間は幾ばくもつづかなかった。このところ戦闘の主導権はつねに敵側が握っていたが、九月十六日になって果然、戦闘をしかけて来た。この日、大機動部隊の援護のもとに、パラオ諸島のモロタイ、ペリリュー両島につづいてアンガウル島に上陸した。この敵の動きは、あきらかにフィリピンを目ざしていると判断した大本営は、九月二十一日、「捷一号」作戦準備を発令し、陸海軍航空部隊は、ぞくぞくと九州南部、沖縄、台湾に集結をはじめた。

戦雲は急速に訪れようとしていた。十月に入ると、海軍航空部隊による洋上索敵はいちだんと厳重になり、見えぬ敵機動部隊を求めて連日、早朝から哨戒機が飛んだ。

十月九日〇八四五（午前八時四十五分）、索敵に向かった七六二空の一機が、宮崎県都井岬の百四十度、四百五十カイリ付近で無電連絡を絶った。七六二空は小川武大尉の攻撃第三「彗星」飛行隊、そして「銀河」の攻撃四〇六、四〇七両飛行隊、杉野一郎大尉の攻撃七〇八飛行隊で編成された二航艦の攻撃部隊で、索敵にあたった哨戒機がどの飛行隊のものであったかは不明だが、その最後の電文は、おそるべき敵大機動部隊の出現を報じていた。

十月十日、ついに敵の攻撃が開始された。十七隻の空母とこれを護衛する戦艦五隻、巡洋艦十四隻、駆逐艦五十八隻からなるミッチャー海軍中将指揮下のアメリカ第三十八機動部隊は、その一部をもって沖縄、奄美大島、沖永良部など南西諸島の航空基地を攻撃、これに対して大本営は、ただちに「捷一号」および「捷二号」作戦警戒を発令した。

南西諸島に対する空襲は、早朝から夕方四時ごろまでつづけられ、来襲機数は約四百機に達したが、これは敵機動部隊の戦力からすればまだ軽いジャブ程度のものであり、彼らの真の狙いはフィリピン上陸を前に台湾の航空兵力を無力化することにあった。

以下、台湾にいた田口俊一大尉の十月十日、十一日の日誌である。

「十月十日　今朝〇六四五沖縄、石垣、奄美大島に第一回の敵艦上機の来襲あり。ちょうど味方戦闘機が降りたころに第二回百数十機の来襲あり。午後引きつづき夕方三時半ころまで各島に来襲あり。本隊は二十一航戦の指揮下に入る。

戦闘四〇一（注、「紫電」隊）の竹田大尉ちょっと来たり、すぐ帰る。話を聞けばだいぶ死んでいる。山田伸、古田島、川島、富岡、岩野、古沢、河口……。

明朝は当方面に敵来襲の算きわめて大なり。力いっぱい戦わん。いつもと変わらぬ気持。気にかかること何もなし」

「十月十一日　〇五〇〇艦爆は新竹へ、艦攻は台東へ出発。戦闘機は〇六〇〇より上空哨戒開始。余は〇八三〇～〇九三〇まで。

今朝〇七〇七沖縄に艦上機来襲せりと。沖縄近辺に空母二隻を含むもの、および三隻を含むものあり。南方五百カイリ付近に空母三隻を含むものあり」

日誌の中の戦死者の名は、田口の教え子ででもあろうか。

そして、運命の十月十二日がやって来た。

深夜、台湾東港基地を飛び立った九〇一空のレーダーを装備した飛行艇隊は、午前三時までに台湾最南端のガランピ岬の百度から百三十度の間、百六十カイリの地点に四群の敵機動部隊がいるのを、レーダースクリーン上にキャッチした。一部をもって南西諸島を叩いた敵は、呼吸をととのえながら南下し、台湾をうかがってやって来たのだ。

「敵機動部隊発見……」の無電により、ただちに台湾全土に空襲警報が発令された。全島に展開した陸海軍航空部隊は、いっせいに出動準備をはじめ、暗い飛行場には殺気がみなぎった。そして、午前七時過ぎ、早くもキラキラ光る無数の点が台南空基地上空にも現われた。この日、のべ約一千機をもって台湾全土を荒らしまわった敵機動部隊艦載機の第一波来襲だった。

午前七時二十分、田口俊一大尉は五日前に不良の点火プラグを交換したばかりの愛機、零戦一八七号機で邀撃に飛び立った。すでに敵は飛行場の上空に来ており、飛び上がるのは無理だったのだが、田口は敵を目前に見て逸る気持を押さえ切れなかったのであろうか。上昇途中でまだ速度も十分つかない田口機は、上から降って来た敵戦闘機の一撃で、たちまち火を吹いた。

すぐ飛び出して落下傘降下すれば助かったものを、田口はそれをやらなかった。飛行機が市街地に落ちて民家に被害が及ぶのをおそれ、燃える飛行機を操縦して郊外まで誘導し、力尽きて墜落したのであった。

田口の妹和子と結婚した原正道大尉は、戦後、妻と田口の母をともなって戦死の地を訪れた。台南市郊外の田園地帯で、少年のころに見た記憶があるという現地人のガイドから、田口の壮烈な最後の様子を聞かされた。そのときの、一部が焼け焦げた白いマフラーは、いまも田口家に残っている。

「〇四二五　台湾全土空襲警報発令」

この日が最後であることを、田口は覚悟していたかのように、十月十二日の朝、日誌にそう書いている。そして、その後、二度書き加えられることはなかった。

敵の台湾空襲がはじまった日、豊田副武連合艦隊司令長官は、フィリピン視察の途中、立ち寄って、たまたま台湾にいた。即刻、「航空部隊作戦発動」を下令した。この長官命令にもとづき、南九州の宮崎および鹿屋基地から第一次攻撃隊、沖縄の各基地から第二次攻撃隊が順次、発進した。

南九州から発進したのは「T部隊」とよばれた精鋭部隊で、この部隊は各航空艦隊から選りすぐった航空隊で編成され、「捷一号、二号」作戦発動時がちょうど台風シーズンにかかるものと予想されたところから、台風の頭文字の「T」をとって名づけられたものだ。

このT部隊の攻撃隊には、一式陸攻、「天山」「銀河」「紫電」「瑞雲」(水上爆撃機)などのほか、陸軍から飛行第九十八戦隊の四式重爆「飛龍」十八機が雷撃隊として海軍の指揮下に入っていた。そして、杉野一郎大尉の七六二空攻撃七〇八飛行隊、澤田衛大尉の同攻撃七〇三飛行隊も一式陸攻隊として加わり、杉野大尉の攻撃七〇八は鹿屋基地、澤田大尉の攻撃七〇三は、宮崎基地からそれぞれ出撃した。

攻撃七〇八飛行隊戦闘詳報によると、その作戦命令「T攻撃部隊電令作第十四号」は、つぎのようなものであった。

一、T攻撃部隊は、本十二日薄暮、夜間空戦をもって台湾東方海面所在敵機動部隊を一挙に撃滅せんとす

二、各部隊は左により作戦すべし

(イ)偵察隊(「彩雲」四、「銀河」二)は、一〇三〇鹿屋発進、都井岬の二百八度二百三十度間八百二十カイリ圏を索敵触接すべし

(ロ)攻撃隊(K五〇一、K七〇三、K七〇八)は自一二〇〇至一三〇〇発進、薄暮、敵空母を攻撃すべし

三、飛行機隊の帰投基地を高雄、台南、台中、新竹方面基地とす　(終)

(注、K五〇一は攻撃第五〇一飛行隊の略、以下同じ)

こうして鹿屋から攻撃七〇八飛行隊の一式陸攻十五機および「銀河」三機、宮崎から攻撃七〇三飛行隊の一式陸攻十八機と攻撃五〇一飛行隊の「銀河」三十機(途中八機引き返す)が、正午から午後一時の間に発進した。(このほか鹿屋から「天山」艦攻と陸軍四式重爆「飛龍」も出ている)

午後三時、索敵機から、「敵部隊見ユ、空母ノ在否不明」、午後五時十分、敵艦隊上空で照明弾を落とす役目を帯びた直協の一番機から、「我触接ヲ確保ス、地点〇〇」と電信が入り、その直後から「敵戦闘機ノ攻撃ヲ受ケ交戦中」の電信があいつぐようになって、基地は緊張の色につつまれた。敵は機動部隊の前方に強力な戦闘機の防御の網を張って、わが攻撃隊を待ちかまえていたのである。

そして、午後五時四十分、「直協隊二区隊一番機、二区隊二番機ハ左後方ヨリ敵グラマン戦闘機四機ノ奇襲ヲ受ケ、二番機自爆」、午後六時十分、「直協隊二区隊一番機ハ前記敵戦

闘機トノ交戦ニヨリ被弾約四十、燃料漏洩ノタメ右発動機殆ンド停止、重量物投下」の電信があり、敵戦闘機の攻撃が直協隊に集中していることをうかがわせた。つまり、この時点では、杉野大尉は武運強く戦場に向けて飛んでいたのである。

午後六時四十分、直協隊一番機が航空母艦二隻を含む敵艦隊を発見、十五分後に魚雷を抱いた攻撃隊も発見したため、各個に目標を求めて編隊を解散した。敵艦隊付近の天候は晴れてはいたものの視界は二カイリ、雲高約千メートルで雲量四、淡いミストがかかっているうえ、夕暮れということもあって、目標確認はかなり困難な状況にあった。

午後七時四十七分、攻撃隊三区隊二番機から、「敵空母（推定）ヲ発見、雷撃」との電信が入ったが、攻撃隊の他の飛行機からの報告はない。

こうして鹿屋基地を正午過ぎに出てからざっと十時間後の午後十時三十分、攻撃隊三区隊二番機岩本秀雄飛曹長機だけが、台湾の高雄基地に着陸した。そして攻撃隊第二区隊一番機の杉野一郎大尉機は、他の僚機とともに暗夜に炎となって消えた。

「攻撃隊岩本機以外は、全機未帰還のため戦果の全貌確認し得ざるも、攻撃隊全機あらゆる敵の妨害と悪天候とを突破克服し、一八五五敵発見と共に全機、勇猛果敢きわめて有効なる攻撃を敢行せること確実なり。岩本機ならびに陸軍第九十八戦隊にて確認せる総合戦果は轟沈空母一隻、大型巡洋艦一隻、空母または戦艦一隻、撃沈戦艦または巡洋艦二隻、大型巡洋艦一隻、艦型不詳三隻、炎上空母一隻、戦艦一隻、艦型不詳十隻、撃破艦型不詳一隻（空母の公算大）、ほかに火柱八本確認にしてその功績抜群なりと認む。（後略）」

攻撃七〇八飛行隊戦闘詳報第八号に記載された功績の内容である。しかし、何ぶんにも暗い洋上であり、しかも台風接近の悪天候の中での攻撃とあって、戦果の確認がむずかしいうえに、多数の未帰還機が出たことで、この戦果にはいちじるしい誤認があったことがのちに判明した。

宮崎基地から出た攻撃七〇三飛行隊については、部隊の戦闘詳報がないので不明だが、澤田衛大尉の最後は、偶然にも昭和十九年十一月二十日の朝日および毎日新聞にのった攻撃七〇三飛行隊長江川廉平少佐の談話によって明らかにされている。

「十九時、わが中隊は戦場に到着した。日没まさに二十八分前である。下層雲高五百メートル、普通ならもっと見えるはずなのに、煙霧のために、これが敵位置なのだと承知していても、艦影はちょっとつかめない。だが、敵輪型陣の頭上に飛び込んだことは、敵がドンドン発砲しだしたことで確かだ。たちまちにして台湾沖は赤、黄、青、白と各艦とりどりに打ち出す曳光弾で戦場と化した。

十九時四分――S大尉のひきいる中隊が真っ先に突っ込んだ。これが台湾沖初の突撃ではないかと思う。（中略）

このとき早くもS機が、俺の左側から（制式空母と見られる）大型艦に突入したのを、うちの機の電信員が目撃した。S中隊の帰還機の報告によると、同隊は突撃前に敵の夜間戦闘機五機にぶつかったのだ。敵の夜戦は翼に航空灯をつけていたそうだ。S機は射たれたらしい。魚雷発射後、空母寸前でS機は火を噴き、まっすぐ艦上をよぎった刹那、炎は一弾とはげしくなった――とみるや機は右旋回で反転、猛然と敵艦に体当たりをくわせたのだ。パッと開いた真っ赤な色が鮮やかに見えたそうだ。

育ちのいい分隊長だった。まだ二十五歳の若さだったが」

澤田の戦死が家族に伝えられたのは、昭和二十年二月十一日紀元節の日だった。父澤田弘はそれより少し前の一月三十日に亡くなったので、息子の戦死は知らない。しかし、飛行隊長の江川少佐が同じ滋賀県出身であるところから、〝S大尉〟が自分の息子ではないかと感じたらしく、この新聞をひそかにとっておいた。父が亡くなって遺品を整理したとき、それが出て来たが、夫から澤田大尉の家族を探してその最後の様子を伝えておきなさいといわれたと、のちに江川少佐夫人から聞かされ、このS大尉が兄であることを知ったと、妹の綾戸和子は語っている。

なお江川少佐も、それから一ヵ月後に沖縄で戦死し、二階級特進して大佐になった。杉野一郎の隊長だった攻撃七〇八飛行隊の長井彊大尉も、杉野が戦死した翌十月十三日の出撃で戦死し、これも二階級特進で中佐になっている。杉野一郎大尉も、なぜかずっと遅れて、昭和二十年八月一日に連合艦隊司令長官名で全軍布告と同時に中佐になった。機関学校五十期戦死者中ただ一人の二階級特進であったが、隊長機により敵艦への体当たりが確認されている澤田衛大尉は少佐へと、一般と同じ進級にとどまっている。これより後、特攻戦死が戦果のいかんにかかわらず全員二階級特進になっているのにくらべると、いささか不公平の感なきを得ない。

杉野も澤田も、戦死する前にそれぞれ休暇で一度家に帰っているが、今度出撃するときは帰れなくなるであろうことを、はっきりと覚悟していたらしい。

サイパン沖の「あ号」作戦の惨敗のとき、「千歳」とともに奇蹟的に無キズで残った空母「瑞鳳」乗り組みだった杉野の親友品川淳大尉は、昭和十九年六月末、内地に帰ったが、当時、大分基地で夜間雷撃訓練をやっていた杉野大尉を、下宿にたずねたことがあった。その夜、一緒に酒を飲み、同じカヤの中で寝たが、杉野は、「品川、俺はあと一ヵ月ぐらいで死ぬかも知れん。死ぬごたる気――」と語った。

そのころ、婚約者の上津原ツヤ子もしばしば杉野を訪れ、二人仲良く歩く姿は、他の士官たちの羨望の的だったが、すでに死を予期していた杉野にとっては、これが最後になるかも知れぬ切ない逢瀬であった。

「捷号」作戦発動が近くなると、部隊は出動に備えて鹿屋基地に移動したが、杉野はその前に一度だけ三池の家に帰り、母と墓参りに行った。杉野は口数少なく、物思いにふけりながら母の後をゆっくり歩を運んだ。帰り際、「明日この上空を飛ぶから待っていてくれ」といったので、翌日みんなで待っていると、三機編隊の双発機が飛んで来た。そのうち一機が自然におくれて編隊から離れると、顔が見えるほどの低空に降り、旋回しながら翼を振った。それが家族への決別の挨拶であった。「もう帰らんかも知れん、後を頼む」といった兄の最後の言葉を、弟の末広はいまに忘れられないという。

その後、妹の早子と律子が鹿屋に会いに行ったことがあったが、杉野は早子に、「これが最後だから、ツヤ子さんに来て欲しかった」といった。結婚せずに征く自分の胸のうちを彼女に伝えたかった様子で、「私、悪いことをしたと思った」と早子は語る。

杉野の出撃する前日、フィリピンや台湾方面の視察におもむく酒巻宗孝中将一行を乗せたダグラス輸送機が鹿屋に着陸した。機長は機関学校五十二期出身パイロット国崎虔《ただし》大尉（神奈川県厚木市在住）だった。三池中学、機関学校、飛行学生、そして陸攻パイロットと、つねに杉野のあとを歩んで来た国崎は杉野の部屋をたずねた。そこには杉野の部下である飛曹長クラスの搭乗員が十人ほどいて、たちまち賑やかな酒盛りとなった。お開きになって寝る段になったが、ベッドが一つしかない。そこで、「じゃ今夜は語り明かそう。お互い人生もそう長くはないし……」ということで、ビルの屋上に毛布を敷き、星を眺めながらいろいろ話をした。そのとき、杉野がフトいった。

「国崎、お前なあ、馬鹿にならなければいかんよ。人間は馬鹿でなければ、本当の仕事はできんのだぞ」

それは後輩に対する訓戒であると同時に、杉野自身のやり切れない思いをぶつけたものとも受けとれた。

十日後、各地をまわった国崎が帰りに鹿屋に寄り、杉野の部屋を訪れたところ、戦死の黒枠で囲った写真が飾られてあった。そして同じ階の部屋はどこも黒枠だらけで、戦争の非情さが国崎の胸を締めつけた。

杉野は部下の下士官たちに人望があったが、澤田も同様だった。

「兄は兵曹長クラスの人たちを、りっぱな人が多いといって尊敬していた。年齢も上だし、結婚して奥さんのいる人も多く、先輩に対する敬愛の気持から、ついこちから先に敬礼したら、軍の秩序が乱れるといって叱られたといっていた」

澤田衛の弟鑒《おさむ》はそう語るが、真面目で軍人精神の権化のような澤田大尉は、それでいて部下に対して威張り散らすとか辛く当たるというようなことをしなかった。その澤田も、九州で訓練中に一度、滋賀県の実家に帰って来たことがあったが、帰隊のため玄関を出しなに、ちょっと振り返って姉の幸江にいった。

「姉さん、僕が遺骨になって帰って来ても、お母さんを泣かさないようにね」

それが最後の言葉とは知らぬ姉は、「わかった、わかった。心配いらんよ」といって明るく送り出した。そして、鹿屋からの姉あての最後の手紙には、「お母さんの心が乱れるのが心配だから、もうこれで便りは書きません」と書いてあった。

澤田は予言どおり遺骨箱となって帰って来たが、中に遺骨はなく、澤田衛の霊と書いた紙片が入っていただけだった。

3

台湾沖の敵機動部隊に対する攻撃は、十月十二日以降、十五日まで五回にわたって行なわれたが、十五日は五十期一式陸攻パイロット三人の最後の一人となった竹井改一大尉が出撃した。

同じ陸攻の杉野や澤田が九州の基地で訓練していたのに対し、竹井大尉の七六一空は奇しくも彼の生まれ故郷であるセレベス島マカッサルで編成され、ここでもっぱら夜間雷撃の訓練をやっていた。

飛行隊を攻撃隊と直協隊に分けて行なう協同訓練で、照明弾を十二発つんだ直協隊の一式陸攻にはレーダーをつけ、これで暗夜の海上の目標を発見すると、攻撃隊にその位置を知らせると同時に反対側にまわり込んで照明弾を落とし、敵艦隊を照らし出して攻撃を容易にするというものだ。

すでに杉野や澤田がこの攻撃法による敵艦隊攻撃で戦死しているが、アメリカ側は戦闘機を多数配して警戒網を張っているので、困難を承知で、あえてこうした方法をとらざるを得なかったのである。

マカッサルでの訓練が一段落したところで、フィリピンのミンダナオ島ザンボアンガ基地に移り、竹井も小隊長として一度、モロタイ島沖の敵艦船攻撃に出動したことがあるが、このときは天候不良で敵を発見できず、攻撃にいたらなかった。

攻撃七〇四飛行隊は、すぐ攻撃に出動できる実戦班と、訓練を兼ねて索敵を行なう訓練班とに分かれていたが、九月二日に訓練班の一部が一航艦の第一哨戒隊としてレガスピーに派出し、哨戒任務につくことになった。この隊長だった九期飛行予備学生出身の河原文久大尉（東京都中野区在住）は、分隊長の竹井改一大尉の思い出を、

「きびしい人だった。レガスピーに行ってからまで、不始末を仕出かした下士官に対する『外出止め』の連絡が追っかけて来た。表向きはこれに従ったけれども、他の日にこの下士官をこっそり外出させたことがあった。のちにこの下士官は戦死した。竹井さんはまた、エンジン関係の整備にくわしく、整備の分隊士とAC（エアコントロール）と排気温と燃費の関係について熱心に討論していたのを覚えている」と語っている。

整備学生出身だから整備に詳しいのは当然としても、部下のあやまちについて派遣先までその懲戒をいってくる厳格さには、部下たちも少々、辟易していたようだ。その点では彼がのちに同じ飛行機で一緒に戦死する第二十六航空戦隊司令官の有馬少将と多分に共通するところがあった。

このあと、竹井大尉は十一機をひきいて九月八日にはアンボン基地からソリッド、オウイ両島の飛行場夜間爆撃に出動してかなりの成果をおさめている。

十月十日、敵のフィリピン来攻が近いというので、陸海軍合同演習を行なうことになり、竹井の飛行隊からも数機がルソン島のクラークフィールドに進出した。休憩の間もなく敵来襲の報が入り、演習のつもりがたちまち実戦に変わって攻撃命令が出た。そこで急遽、ザンボアンガから主力部隊も飛来し、第二十六航空戦隊の指揮下に入った。が、このことが竹井大尉の運命の岐路となった。

十月十二日、まる一日を費やして整備を完了した攻撃七〇四飛行隊は、翌十三日、九州、沖縄から出撃した二航艦麾下の各飛行隊と協同して台湾沖の敵機動部隊攻撃に向かったが、ほとんど全機やられてしまった。

十四日は残存機を洗いざらい整備して翌日の出撃に備えたが、使える飛行機は数えるほどしか揃わなかった。

十月十五日、クラークフィールドからは零戦の第一次攻撃隊が、午前九時十五分に発進した。艦攻や陸攻では被害が大きいので、零戦に二十五番（二百五十キロ）爆弾を装着した爆装零戦六機と、それを援護する同じ零戦十九機の編成だった。爆装零戦は重い爆弾をつけて張りめぐらされた弾幕の中をつっ込まなければならないので、当然ながら生還の確率はきわめて低く、いわばこの後にはじまる特攻の先駆けのようなものだった。果たせるかな、この六機の爆装零戦隊は一機も帰らず、援護隊の十九機だけが帰って来た。

このあと、第二次攻撃隊が出撃することになったが、その出撃を前に二十六航戦司令官有馬正文少将は、戦闘指揮所で、七六一空の幹部たちに意味深長な訓示を行なった。

「これからは絶対、体当たり攻撃が必要です。体当たり以外に、敵の空母を沈める方法はない。そのためには若い士官や兵隊だけを死なせるわけにはいきません」

そういって有馬は、沈痛な表情で周囲を見渡した。

有馬は暫く間をおいたあとで、

「そのためには、然るべき指揮官が搭乗しなければならない。誰かいませんか」

重い沈黙があたりを支配した。

私が乗りましょう、と名乗り出る者は誰もいなかった。

それは死を意味していた。誰だって死ぬのは厭だ。（中略）

「誰もおらんのか」

有馬は感情が激してくると、声が甲高くなる。

その声を押さえつけるようにして、そういった。（菊村到著『提督有馬正文』新潮社刊より）

突然のこの司令官の言葉に、だれもが戸惑っていた。

攻撃七〇四飛行隊に対する出撃命令は六機となっていたが、飛行機が五機しか揃わなかったので、一機ぶんの搭乗員が残ることになった。その飛行機の機長は召集の特務士官だった稲田正二少尉（東京都調布市在住）で、その稲田によると、

「敵戦闘機が待ちかまえている昼間強襲は大変だろうとは思ってはいたが、まだ特攻隊の制度ができる前で、それほどの悲壮感はなかった」

といい、有馬少将の昂ぶりはむしろ場違いな感じすらあったのである。

ふだんはおとなしく、むしろ女性的に思えるほどやさしく丁寧な口調で話す有馬少将は、死をもって自己を完結するという軍人としてのストイシズムに異常なまでに執念を燃やしていたといわれ、その死生観の点でも竹井と似たところがあった。

結局、だれも行くという者がいないので（あるいはそれを待っていたかのように）、有馬は自分が行くといって、指揮官機である竹井大尉の飛行機に乗った。司令官が攻撃機に乗ったと

ころで、実際の攻撃の指揮をとるわけでもなく、むしろ一人ぶんの余計な重量がふえるだけ迷惑な話になるが、司令官みずから先頭に立って出撃しようという有馬少将の意気に感じ、その美学を全うさせてやろうという〝武士の情〟が竹井を動かしたのではないか。

厳格で一見冷徹に見えたが、インドネシアをこよなく愛した父親の血を引いた竹井は、人生意気に感じるロマンチストでもあった。

有馬少将が七六一空の幹部たちに、〝特攻〟攻撃（まだこの時点で特攻という言葉はなかった）を示唆し、怒って見せたのは、司令官みずから攻撃隊の飛行機に乗って行く、という異常な行動を、周囲に認めさせるための一つの儀式に過ぎなかったように思われる。したがって、それは最初から予定の行動であり、そのために先任参謀と整備参謀を他の基地に出張させ、通信参謀を作業に専念させるなどして自分が一人きりになるように仕向けている。

当時、二十六航戦司令部付として、つねに有馬少将と行動を共にしていた六期予備学生出身の富永文男大尉は、つぎのように述懐している。

「もしも、参謀なり私なりが、その場に居あわせたとしたならば、当然、司令官に翻意を求めて諫止に努めたであろうし、それが不可能であった場合には、必ずや同乗して出撃していたにちがいない。司令官はそれらの点を十二分に見通した上で、覚悟の行動をとられたのである。

冷静沈着でほとんど感情を外に表わされることがなかった司令官の日常でもあったので、そうした意図にまったく気がつくことがなかったのは残念であった」（『第六期飛行予備学生

の記録』より）

これより先の九月九日、セブに集中していた一航艦麾下の零戦約二百機が情報の混乱から一挙に全滅するという事件があったが、その直前まで自分が指揮官であった自責の念も、有馬少将に死を決意させる遠因になったといわれる。

たまたま十月十二日以降に台湾沖航空戦があり、敵空母十数隻撃沈破をはじめとする大戦果の電報がつぎつぎに入り、基地の士気も大いに上がっていた。それがまったくの虚報であったことは後述するが、十五日の時点ではまだ分かっておらず、「有馬司令官も、この日早朝、私に対してフィリピン東方の（残存）空母を撃沈すれば、戦局は明るく展開するにちがいないとの見解を示されたが、日ごろ死場所を求めておられた司令官は、この時点で、いまが自分の死すべき時であり、絶好の死場所であると断を下されての行動であったと思われる」（前出、富永）というのが、真相のようだ。

もう一つ、有馬少将が乗って行くべき理由があった。というのは、このときの攻撃隊は一式陸攻五機（もしくは三機）のほかに艦攻十数機（爆装零戦という説もある）であったが、特別に陸軍の四式戦闘機「疾風」七十機が直掩に参加することになっており、まだ一分隊長に過ぎない竹井大尉に指揮を任せるべきではなく、もっと上級の飛行長なり飛行隊長が指揮をとるのが順当であった。有馬少将の不満は、そうしたところに向けられていた、とも考えられる。

「銀河」の攻撃四〇一飛行隊を指揮して木更津からフィリピンに移って来たばかりの高井貞

夫少佐（海兵六十五期、横浜市保土ヶ谷区在住）は、このとき戦闘指揮所にいたが、有馬少将が突然、入って来たのでびっくりした。

「基地業務に忙殺されて指揮所に一人でいたら、例のないことであるが、司令官が参謀もつれずに一人で来られ、『自分が率いて攻撃に行く』といわれた。だれに相談することもできず、だれか参謀が帰ってくるまでの時間稼ぎにと思い、いろいろ話をして引きとめたが、決意は堅くお聞き入れにならなかった。

そこで、『出かけられるなら、司令官の服装では具合が悪いから自分の服を着て下さい』と申し上げて、飛行服とライフジャケットを差し上げた。着替えられた司令官は、指揮所から二、三百メートル離れたところに駐機していた一式陸攻のところまで歩いて行かれた。

私は指揮所を離れるわけにはいかなかったので、出撃時の最後の状況はわからない」（高井）

こうして機長で攻撃隊指揮官だった竹井改一大尉のほか、正副操縦士、偵察員、電信員二名、搭乗整備員二名の計八名に、司令官有馬少将を加えた一式陸攻一番機を先頭に、攻撃隊は台湾南方海面にいると思われる敵空母群を目指してつぎつぎに離陸した。

この日、南九州の国分基地からも二航艦麾下の攻撃第三飛行隊「彗星」艦爆十八機が、竹井と同期の小川武大尉の指揮で出撃したが、悪天候に阻まれて敵機動部隊を発見することができず、空しく台湾の基地に着陸した。

そんな状況だったから、竹井大尉の指揮した攻撃七〇四飛行隊も、十分な攻撃ができたかどうか不明のまま全機未帰還となってしまった。

有馬正文少将の戦死はすぐに新聞にのったが、「よもやそれが兄貴に関係があるとは少しも知らなかった」と弟夏郎が語っているように、その戦死がわかったのは四ヵ月もたった昭和二十年二月十六日であった。

この日、初の敵艦載機による関東・東北方面への空襲があり、朝から空襲警報が発令された。以下、この日の父竹井十郎の日記の抜粋である。

「夕刻、空襲警報は解除されたが、二時少し前、南から電話があり、海軍省から改一戦死の通知があったという。あゝ、遂に来るべきものが来たか。もとより覚悟はしていたが、武運があれば達者で凱旋することがあるかも知れぬと、一縷の希望はあった。戦死するばかりが忠義でもないが、もっと大いに働いてから戦死しても遅くはなかった。(中略)

三時帰宅し、海軍省人事局長からの書留速達を見ると、『謹啓、海軍大尉竹井改一殿、昭和十九年十月十五日……に於て御奮戦中名誉の戦死を遂げられた旨、今般所属部隊より報告ありたる事ここに御通知申し上げるとともに、謹みて深甚の弔意を表します。敬具。海軍省人事局長水戸久』と書かれた戦死の知らせのほか種々の注意書があり、海軍合同葬を営むまでは公にしないでおけとのことである。

あゝ、思えば二十五歳の一生であったか。すでに陛下に捧げた一身であり、本人はいつも淡々と死ぬのだといっていたから親としても思い残すことはないが、現在のような指導者の下ではなく、せめてもっと意義のある戦争で死なせてやりたかった」

米内光政、山本五十六らと親しかった竹井十郎は、大東亜共栄圏などといいながら、じつは領土的野心からアジアの民衆を支配しようとしていた日本の指導部のやり方に憤りを抱いていたのだ。

「父が涙を出したのを初めて見た」とは、妹田中タカが語るその日の父の悲しみの姿であった。

のちに「台湾沖航空戦」と名づけられたこの戦闘は、十月十二日から十五日にかけて日本側から五回の攻撃が行なわれ、そのつど大本営から軍艦マーチとともに華々しい戦果が発表され、十月十九日午後六時発表の総合戦果によると、

轟撃沈　空母十一隻、戦艦二隻、巡洋艦三隻、巡洋艦もしくは駆逐艦一隻

撃破　空母八隻、戦艦二隻、巡洋艦四隻、巡洋艦もしくは駆逐艦一隻、艦種不詳十三隻、

その他火炎火柱を認めたるもの十二を下らず

というもので、これを合計すると、撃沈破は空母十九隻、戦艦四隻をふくむ四十五隻となり、敵機動部隊の主力を壊滅させたことになる。

久し振りの大戦果発表に国内は沸き立ち、十月二十一日には勅語が下されるという喜びようだったが、先の攻撃七〇八飛行隊の戦闘詳報にも見られるように、誤認と多大の誇張にもとづく幻の大戦果で、のちに判明したところでは、アメリカ艦隊の損害は重巡「キャンベラ」「ヒューストン」の二艦が大破したのみで、もちろん最大の攻撃目標だった空母の損害

は皆無だった。

これより先、台湾沖航空戦の戦果がどうもおかしいと気づいた大本営海軍部は、偵察機の報告などをもとに検討した結果、「どうひいき目に見ても航空母艦四隻を撃破した程度で、撃沈は一隻もない」という結論に達した。しかし、いまさら訂正発表もならず、極力、国民には隠すことにしたばかりか、現地部隊や同じ大本営の陸軍部にすら知らせなかった。このことが数日後に起きたアメリカ軍のレイテ島上陸にはじまる一大決戦に大きな誤算を生み、さらに多くの将兵の命が失われることになったのである。

第八章　あゝ玉杯に花うけて

1

台湾各地を叩いて暴れまわった敵機動部隊は、ひきつづきフィリピンを攻撃、しかも上陸を企図しているらしいことがうかがわれた。

十月十七日早朝、レイテ湾口にあるスルアン島の海軍見張所から、「午前七時、戦艦二、特設空母、駆逐艦六、近接中」、つづいて「午前八時、敵の一部は上陸を開始せり」という平文のままの緊急電が発せられた。この日、レイテ方面は風が強く、降雨が断続する悪天候で、現地部隊では偵察機を飛ばせたが、密雲に阻《はば》まれて発見することができなかった。

翌十八日は天候がさらに悪化し、風速三十メートルにおよぶ暴風雨となり、航空偵察が思うにまかせなかったため、レイテ湾に進入した多数の敵艦艇の目的が上陸作戦のためか、台風避難のためかはっきりせず、大本営にも現地部隊にも戸惑いがあった。しかし、このころダバオ基地に進出していた攻撃第三飛行隊の分隊長小川武大尉操縦の「彗星」が、ついに敵上陸部隊の輸送船団を発見し、さらに護衛空母、戦艦、駆逐艦などもいることを報じた。つづいて陸軍の司令部偵察機もレイテ湾内に敵空母群がいるのを発見したため、敵のレイテ上陸の企図が明らかとなり、この日の夕方、主戦場をフィリピン方面とする「捷一号」作戦が発動された。

十月十九日、陸海軍の哨戒機が同時にフィリピン東方海面に数群の機動部隊および大輸送船団を、またレイテ湾内には戦艦、空母をふくむ艦艇約三十隻、輸送船約百隻を発見した。敵は、日本軍が予想していたルソン島を避け、防備の薄かったレイテ島攻略を狙って来たのである。

正午ごろ、敵は上陸を試みたが失敗し、明くる二十日、猛烈な艦砲射撃の支援のもとにふたたび舟艇約二百隻による上陸を開始した。主力はタクロバン、一部をドラッグに向けた上陸兵力は六個師団、約二十万という大軍で、日本軍の文字どおり死に者狂いの激撃がはじまった。

十月二十日、第一航空艦隊司令長官大西瀧治郎中将は、特別攻撃隊の編成を命じた。「神風」の名を冠した敷島隊、大和隊、朝日隊、山桜隊の四隊で、指揮官関行男大尉（海兵七十期）は、すでに戦死した田口、杉野、澤田、竹井らと同じ三十九期飛行学生出身であった。

レイテの敵上陸地点および艦船に対する攻撃は、陸海軍の増援機の集中が思うようにいかないため、大した効果をあげることができなかったが、敵に決定的な打撃をあたえるべく、海上部隊によるレイテなぐり込み作戦がこの間にひそかに進行していた。

海軍は、栗田健男中将指揮下の戦艦「大和」「武蔵」をはじめ戦艦五隻、巡洋艦十二隻、駆逐艦十五隻からなる第一遊撃部隊本隊と、西村祥一中将の戦艦二隻、巡洋艦一隻、駆逐艦四隻の第一遊撃部隊支隊をボルネオのリンガ泊地から、志摩清英中将の巡洋艦三隻、駆逐艦四隻の第二遊撃部隊と、小沢治三郎中将の空母四隻、戦艦二隻、軽巡三隻、駆逐艦八隻からなる機動部隊本隊を豊後水道から、それぞれレイテ目指して出動させ、さらに第二航空艦隊百八十機を、十月二十二日、フィリピンに進出させた。この二航艦の中に、二二一空戦闘三〇八飛行隊長蛭澤久也大尉と、三四一空戦闘四〇二分隊長横手高明大尉がいて、一足先に台湾沖航空戦以来活躍していた攻撃第三飛行隊の小川武大尉を加えて同期の三人が同じフィリピンの戦場で戦うことになった。

水上部隊主隊である栗田艦隊のレイテ突入は十月二十五日と予定され、それ以前にできるだけ敵を叩いておこうという狙いから、空からの総攻撃を海軍が二十三日、陸軍が二十四日に行なうことになった。しかし、天候の都合で海軍も二十四日になった。

こうして、いよいよ陸海軍航空部隊による総攻撃当日となった。陸軍は輸送船団および上陸地点、海軍は空母、戦艦などを攻撃するという事前の協定により、この日、三波にわたって出撃した延べ機数は陸軍約百五十機、海軍二百五十機以上で、悪天候を衝いてレイテ湾とルソン島東方洋上にそれぞれ敵を求めて出撃、本格的なレイテ航空決戦が開始された。

蛭澤久也大尉のいる二二一空は、四個飛行隊のうち戦闘三一二飛行隊がまず台湾に進出、田口俊一大尉の台南空と共同で船団護衛にあたり、ついで十月十二日に開始された台湾沖航空戦に参加し、本隊は十月十四日に南九州の各基地から台湾に進出した。そして、台湾沖航空戦でかなりの被害を出し、「捷一号」作戦にともなって、十月二十三日にフィリピンのアンヘレス基地に前進したが、二二一空は戦闘三〇八、同三一二、同三一三、同四〇七の四個飛行隊を合わせると、本来なら定数は二百機近いはずが、六十機に減っていた。

アンヘレス飛行場は、八つもあるクラーク地区飛行場群の中の一つで、アンヘレスだけでも市街をはさんで東、西、南と三つもあってわかり難い。そのうえ、激しい空襲を避けるため、到着を日没時に選んだため各機がバラバラに降りた。

戦闘機とは別に司令部要員や整備員はダグラスで行ったが、はじめての飛行場で、しかも日が暮れてしまったので、だれがどこにいるのか、宿舎がどこにあるかもわからない。

「とにかく、その辺の飛行機の下に寝ようということになり、夕食抜きで野宿となった。翌日はすぐ総攻撃なので、朝起きてモソモソやっているうちに、もうエンジンをかけて出て行く飛行機がある。先に来ていたウチの隊の整備員たちも、どこにいたか知らないが、零戦の翼端につかまりながら出て来た。するとちょうど目の前で、零戦が爆撃で凹んだ穴に片脚を突っ込んで傾いた。フト見ると、それが蛭澤さんの飛行機だった。

『隊長でしたか』といって飛行機を穴から押し上げ、翼の上に飛び乗って、『頑張って下さい』といったら、『エンギが悪いね』と渋い顔をした」

戦闘三〇八飛行隊の整備分隊長だった機関学校五十二期の岡健二大尉の語る出撃前後の状況だが、この日の蛭澤は、彼女かだれかからもらったらしい紫のきれいなマフラーをしていたという。

この朝、六時半から九時の間に各飛行場から第一次攻撃隊が発進し、二二一空からも蛭澤大尉をはじめ二十八機の零戦が攻撃に参加した。そのあと艦攻や艦爆隊の全機が発進し終わって間もなく、先に行った戦闘機隊が早くも帰って来たが、蛭澤大尉は帰らなかった。

二二一空の司令は、ラバウルで勇名をはせたころの台南空司令だった斎藤正久大佐で、報告に来た隊員に、「戦果はどうか」と聞いたところ、「天候不良で敵を発見できません」というがっかりするような返事だった。とにかく、台湾沖航空戦以来、連続して台風がやって来ているため、日本側は悪天候にわざわいされて十分な攻撃ができないのだ。どうやら、この神風は敵に幸いしたようで、元寇の奇跡は起こらなかったのである。

横手高明大尉の三四一空も、蛭澤大尉の二二一空と同じ十月二十三日、航空総攻撃の前日に台湾からマルコット基地に進出した。マルコット飛行場は、クラーク地区飛行場群の中では蛭澤の戦闘三〇八飛行隊がいたアンヘレス飛行場にもっとも近い。だが、前述のように夕方着いて翌朝すぐ出撃というような状況では、お互いに話すことはおろか、出撃前にちゃんと朝食をとれたかどうかすら危ない状況だった。

そんなあわただしい中で、十月二十四日の朝、横手大尉は出撃した。零戦より強力な新鋭戦闘機ということで、「紫電」は総攻撃の制空隊の任務を負っていたが、飛び立った戦闘四〇一、同四〇二両飛行隊合わせて約二十機のうち、横手分隊長機をふくむ大半が未帰還となり、可動機は一挙に四機に減ってしまった。

この日、横手大尉の出撃を見送った五十二期の小林秀江大尉は、最後に見た横手の様子をつぎのように語る。

「横手さんは出撃前、『敵の機動部隊も出てきたことだし、死ぬにはコト欠かない』といっていた。当時は、もう特攻であるとかないとかには関係なく、ほとんどのパイロットが、出たら帰って来ないような状況だった。それに飛行時間の少ない未熟なパイロットが多かったから、『俺にしっかりついて来い。離れたりしたら承知せんぞ』と、やかましく注意をあたえていた。

『では、行ってくるからな』横手さんは、そばにいた私にそういうと、ニコッと笑って出て行った」

台湾に向けて立つ前、最後の別れに横手は家に帰った。そして、父母を街に連れて行き、一緒に食事をしたが、そのとき、それまでにあった幾つかの縁談をすべて断わるように頼んだ。それが、これから死地におもむこうとする武人の、父母に送る暗黙の別れのサインであった。

「遺骨が帰って来ても母を泣かさないように」と姉に頼んだ澤田同様、たとえ行く手にどれほど確実な死が待っていようとも、父母にはできるだけ衝撃をあたえないよう気をつかうやさしい息子たちだったのである。

2

日本は天にも見離された。天候までが敵方にまわった結果、こちらが多数の飛行機を失ったのに対し、敵にあたえた損害は驚くほど少なかった。しかも本番ともいうべき翌二十五日の栗田中将指揮の水上艦艇によるレイテ湾なぐり込みも、なぜかあと一歩というところで反転して引き返すという不徹底な攻撃ぶりで、空母四隻、戦艦三隻を含む艦艇三十三隻、飛行機五百機および人員一万名におよぶ高価な犠牲を無駄にしてしまった。

こうして、空母をふくむ艦隊主力を失い、また航空部隊も急速に戦力を失いつつあった状況では、まともな作戦を実施することは不可能であった。第一航空艦隊司令長官大西瀧治郎中将が決定した特攻攻撃が、残された唯一の有力な攻撃作戦としてクローズアップされたのは当然で、皮肉にも水上部隊によるレイテ湾攻撃が失敗した十月二十五日、その最初の成果が現われた。

関行男大尉指揮の神風特別攻撃隊敷島隊の五機が敵機動部隊に突入し、「空母一隻撃沈、一隻炎上撃破、巡洋艦一隻撃沈」（大本営発表による）の大戦果をあげた。

十月二十一日から二十五日までの五日間にわたって行なわれた海空戦は「比島沖海戦」とよばれたが、前述のように多数の艦艇、飛行機、人員の犠牲によって得られたよりもはるかに大きな戦果を、たった五機の爆装した戦闘機があげたことにより、以後この攻撃が日本軍にとっての作戦の切り札のようになってしまった。それは、大西中将みずからがいったように、「作戦の外道」ではあったが、その外道を承知であえて敢行しなければならなかったところに、日本の国力の限界があったのである。戦いがつづく限り、いかなる手段をもってしても戦わなければならない軍隊の宿命であった。

台湾沖航空戦から比島沖海戦にいたるわずか二週間たらずの間に、田口、杉野、澤田、竹井、蛭澤、横手と、五十期出身のパイロットが六人も戦死してしまい、残るは小川武と宮内の艦爆乗り二人だけとなった。とくに小川武大尉は、台湾沖航空戦以来、数度の激戦を生き抜き、十月十四日の攻撃で戦死した飛行隊長池内利三大尉（海兵六十五期、戦死後、少佐）のあとを継いで、攻撃第三飛行隊を背負って立つかけがえのない存在となっていた。だが、その小川にも最後のときがやって来た。

レイテ島にアメリカ軍が上陸した目的は、ここに強力な航空基地をつくり、ルソン島攻略の拠点とするためであった。だから日本軍としては、フィリピンを守るためには、何としてもそれを阻止しなければならなかったので、水上部隊による攻撃が失敗したあと、今度は陸軍部隊をレイテ島に投入して陸上から攻撃することが計画された。

これはアメリカ軍の上陸したレイテ湾の反対側にあたるオルモックに陸軍部隊を上陸させようというもので、「多号」作戦とよばれた。この作戦を成功させるためには、輸送船団に対する空からの敵の攻撃を阻止する必要があり、フィリピンにあった陸海航空部隊の総力をあげてレイテ付近の敵艦船および飛行場に対する攻撃が実施された。

「多号」作戦は、十二月十一日の第九次まで実施されたが、この間、海軍の二航艦は全力をあげてこの作戦を支援した。といっても、あいつぐ消耗で作戦に使える飛行機が激減し、「多号」第六次輸送作戦が行なわれた十一月二十七日には、可動機は百機を割っていた。それでも特攻七隊をふくむ攻撃隊をタクロバンに送り、飛行場や沖合の艦船を攻撃した。

この日の攻撃に小川武大尉も参加し、発表によると、「輸送船二隻撃沈、同一隻大破、飛行場の十ヵ所以上を炎上させた」となっているが、小川が果たして特攻隊として参加したのか、それとも通常の攻撃隊として参加したかは不明だ。このころになると、特攻隊であろうとなかろうと、生還の確率はたいして違わなくなっていたが、小川が二階級特進でなかったことからすると、特攻隊ではなかったと想像される。そして、戦死時の状況は単に「一九・一一・二七（攻撃に発進）未帰還」としか書かれていない。

小川武大尉の勲功に対し、同日付で海軍少佐に任ぜられ、戦後の昭和四十一年十一月二十六日付で内閣総理大臣佐藤栄作より「従六位」が贈られた。これからすると、戦後乱発されている勲位のなんと軽いことであろうか。

こうして台湾沖航空戦がはじまった昭和十九年十月十二日からわずか一ヵ月半の間に、機関学校五十期出身パイロット八人のうち七人までが戦死してしまったが、この間に期友がもう二人、戦死している。その一人は、十月二十五日、重巡「筑摩」で戦死した八木亮一大尉であり、彼について語るのは、中村治之（東京都世田谷区在住）である。

「土の香りと潮の香りが南方特有の強烈な草花の香りに混じって、鼻を衝いてくる。『酔ってるぞ、気をつけなけりゃ』という彼の言葉がうわ言のように耳に流れた。久し振りに邂逅した彼と、不動の大地を踏みしめ、精いっぱい生の歓びに酔いしれている私であった。

ジョホールバルの水道を渡る陸橋の夕暮れは、茜色に染まった水平線の雲が油を流したような海に映えて、またとなく静かで美しい。朝日とともにはじまる万象のざわめきと、身を刻むような太陽の紫外線と、驟雨の定期便がすぎると、やがて日暮れが訪れる。陸橋を潜る潮も、東西の干満が調和して静寂がくる。彼はよくこの陸橋の袂に立って、物思いに耽《ふけ》っていたようだ。

彼はまた、よくスケッチもした。暇あれば楽器を弄び、あるいはつれづれの道すがら草花も摘《つ》んだ。いまある自らの姿を、あこがれと思慕の世界に置きかえていたのかも知れない。シンガポールのあちこちを、私は彼と歩く機会を得た。淡々として彼は常に微笑をたたえていた。ある日、ジョホールの上手に入って、丘の中腹に誘われた。そこに見た目もあやなすハイビスカスの赤い色が私を驚かせた。彼は手折って押花にして私に差し出した。それが彼との別れであった。

彼はその後、軍艦『筑摩』に乗り組んで、数多の兵士とともに南海に散った。おそらく爽やかな何一つ錯雑した陰影もない最後であったと信じている。夏のたそがれどき、茜さす夕暮れ雲を眺めていると、ついつい彼を想い出す。彼は八木亮一であった」

前にも触れたが、鳥取県立米子中学出身の八木は絶対音感を持つすばらしいクラリネット奏者で、クラスメートの杉町正伸によれば、「士官室では静かにレコードを聞いて過ごす、芸術家肌の、ネービーには惜しい感じだった」という。

昭和十九年十月二十五日、比島沖海戦で主力の栗田艦隊に属してレイテ沖で敵空母群に砲撃を加えつつあった「筑摩」は、敵雷撃機の魚雷一本を受けて機械室に浸水したため航行不能となり、やむなく自沈した。機械室といえば機関科の持ち場であり、その日、八木は戦死となっている。

もう一人、重巡「那智」に乗っていた前田良一大尉は、北海道庁立旭川中学出身の〝道産ん子〟で、上から三番目の年長者であったことから、四号時代は分隊の先任としてよく分隊員の面倒を見ていたという。

「昭和十九年二月、久しぶりに佐世保に入港し、艦の小修理を実施中、重巡『那智』分隊長だった前田に会った。日本の戦局も傾きかけていたころであり、お互いに今度の出撃が本当に最後になるかも知れないとのことで、痛飲したことがあった。彼は最後まで態度をくずさず、静かに飲んでいた。

その後、私は特修科学生を経て飛行機整備に変わりフィリピンに進出したが、ちょうど私がクラークフィールドにいた昭和十九年十一月五日ごろ、前田が乗艦していた『那智』がマニラ湾で敵機に撃沈されるとは、我々のバックアップが足りなかったような気がして、いまでも申しわけない気がしている」

と語る同じ北海道出身の岡和田勉（東京都田無市在住）は、アメリカ軍がルソンに上陸する前に内地に転勤したため、後述する四人の期友のような地上戦闘による死をまぬがれた。

戦闘機の蛭澤久也と横手高明が戦死した翌日、水上部隊によるレイテ湾突入が敢行されたが、この作戦で栗田中将のひきいる戦艦「大和」以下の主力部隊の中に、戦艦「金剛」もいた。

「金剛」はこの戦闘で、至近弾による損傷を受けたものの無事ボルネオのブルネイに帰投し、そこから内地に帰る途中シンガポールに寄ったが、この「金剛」に五十期の飛田良造大尉が乗っていた。

「高速戦艦として勇名をとどろかせた『金剛』の機関科キャビンで、ひとり天井を仰いでタバコの煙を吹きつけていた彼は、ノックなしに侵入した私に驚きもせず、起き上がるとウィスキーとグラスを差し出した。私は僚艦の『榛名』にいたのだが、レイテの惨劇のあとだけに、少々気抜けしていたお互いであった。ようやくシンガポールに着き、久し振りに彼とうさを晴らそうと立ち寄ったのである。

半分ほどあった角瓶を一息に流し込んだあと、いつしか街の中をさまよっていた。私たちはあるレストランの敷居をまたいだ。中国風の造りの渡り廊下を歩いていると、通路際の部屋から『おい』と呼び声がかかった。だれとも聞き覚えのない声で、その男を見きわめようと努力したがわからない。ところが、彼はおうむ返しに笑顔でうなずくと、おかまいなしに座敷に上がり込み、上座にどっかと座って脇息であごを突っ張っている。

喧噪のうちに茶碗酒が乱れ、いつか私もその坩堝《るつぼ》の中に巻き込まれた。やがてみんなは三三五五と散って行き、彼もやおら立ち上がって私をうながし、外に出た。私は彼が先ほどの連中と見知った仲だと思って、『一体だれたちなんだ』とたずねると、彼は平然として、『俺も知らん』とうそぶいている。私は唖然とするほかはなかったが、彼ならではできない芸当だと思った。桟橋で別れ際に、『貴様これ使うか』と投げてよこした火打石——彼はライターをそう呼んでいた——でタバコに火をつけた。

その三日後、無情の掟は、彼を私から引き離してしまった。東シナ海で被雷転覆の艦が、彼の乗っていた『金剛』であることを知らされた私は、しばし言葉を失った」

これまた期友中村治之の語る飛田の思い出であるが、内地に向かう途中の「金剛」を沈めたのは、アメリカ潜水艦「シーライオン」で、沈んだのは台湾の基隆北方七十カイリの地点だった。

茨城県立太田中学出身の飛田良造は、「小柄ながら磊落、イエス・キリストの『エス様』に芸者のエスをひっかけて笑わせる、頓狂にしてくすぐったいユーモアの持ち主」（中村）でもあった。

3

昭和二十年に入ると、アメリカ軍のフィリピン攻略作戦はいよいよ本格化し、一月九日、ついにルソン島のリンガエンに大兵力を送って上陸を開始し、日本軍も激しく抵抗したものの、三月五日にはマニラが完全に敵の手に落ちたことを認めざるを得なかった。航空部隊は飛行機がなくなり、搭乗員は陸攻やダグラスでひそかに救出されたものの、整備隊をふくむ多数の地上員が取り残され、陸戦隊として陸軍部隊とともに、進攻するアメリカ地上軍と戦う羽目になった。そして、整備隊の分隊長としてクラーク地区飛行場にいた五十期の期友たちも、にわか陸戦隊の隊長としてつぎつぎに戦死した。

昭和二十年一月九日、リンガエンに上陸したアメリカ軍は、強力な火砲と戦車と、空中からの援護のもとにジリジリと日本軍を圧迫し、二月初めには早くも首都マニラに侵入した。同時に市の北にあるクラーク飛行場群の占領をめざして進攻したため、二月十五日に三一六空分隊長古田運平大尉が斬り込み隊長として戦死、ついで二月二十日に北菲海軍航空隊分隊長の稲本昴大尉、三月二十五日に粕谷秀雄大尉が戦死した。

「運平様」と書かれた熱烈なラブレターを送りつづけた彼女との恩愛の絆を断ち切って戦死した古田運平は、戦死した小川武以下七人のパイロットと同じ三十期整備学生をへて空母「瑞鶴」乗り組みとなり、昭和十九年三月に、二五二空戦闘三一六飛行隊分隊長として「あ号」作戦、「捷一号」作戦を経験した。優秀な整備部隊をかかえながら、不なれな地上戦闘での戦死は、古田にとって無念のきわみであったに違いない。

稲本昴大尉はもともと潜水艦乗りで、昭和十八年三月からは呉鎮守府軍法会議の判士（事）をつとめたり、大陸の旅順で予備学生の教育をしたりという変わった勤務を経験したのち、昭和十九年三月一日に整備の特修科学生になった。

このころになると、航空部隊の大拡張や新鋭機の配備などで整備要員が足らなくなったため、稲本のように他部門から引き抜いて整備にまわすようになった。その整備も何でもこなすというのではなく、「紫電」「銀河」「彗星」など、特定の機種の専門家を養成する方法がとられた。

稲本が宇佐航空隊の教官をへて十九年九月に発令されたのは攻撃二六三飛行隊で、新鋭の艦攻「天山」と艦爆「彗星」で編成された精鋭攻撃隊だったが、その後のいわゆる空地分離で、稲本のいた攻撃二六三飛行隊の整備隊は、北菲航空隊に編入された。北菲というのは北比、すなわち北部フィリピン地区のことで、クラーク飛行場群の中にいたことから、アメリカ軍との地上戦闘に巻き込まれてしまったのである。

「機関学校卒業後、海軍で彼ほどいろいろな任務を経験した者はいない。練習航海後、約一年の艦隊勤務をへてまず潜水艦乗り組みとなり、その後、軍法会議の判士を命ぜられ、軍事裁判の面白い話などを聞かせてくれた。

『貴様に判士ができるとは驚いた』といえば、

『なに、たいしたことはないよ、常識だよ』とすまして答えた。

その後、旅順で予備学生の教育に従事しているとのことで、〈また珍しいところで珍しい仕事をしているものだ。しかし、まあ生命の安全が最も確実な場所だから、我々が戦死したあとにいろいろ語り草を伝えてくれるだろう〉と考えていたものだが、現実は皮肉なものである。その後またまた仕事が変わって今度は飛行機屋になったと聞いて、彼のことだからどこに行っても、どんな困難でも彼らしいやり方でこなして行くことだろうと思っていた。

戦争が終わって、フィリピンにいると聞いたので、もう帰ってくるか、もう帰ってくるかと期待していたのに、空しい願いとなってしまった」（中嶋忠博）

府立京都一中出身の稲本は、「級友中の数少ない紳士の中の一人に列すべき人柄」（中嶋）で、「腰がつねに伸びたような姿勢」と「正しい特徴のある歩行」がとくに印象的だった

（寺本了）という。

三月二十五日に戦死した粕谷秀雄大尉（福岡県立門司中学出身）は、いわずと知れたノッポとチビの五十期名物「おみきどっくり」コンビのノッポのほうで、古田のいた戦闘三一六と同じ二五二空の戦闘三一五飛行隊分隊長だった。

五十期切っての長身で、外人を思わせるようなりっぱな体格の持ち主だったにもかかわらず、おとなしい性格だった粕屋について、古垣博彬には忘れられない思い出がある。

「第三十期整備学生を終了し、昭和十七年十一月末、粕谷は二十三航戦麾下の二〇二空（ケンダリー基地）に転出、それから半年後に私も七五三空に転勤して、はからずも粕谷としばらく同じ基地に勤務することになった。

粕谷は戦闘機、私は陸攻整備だったが、私どもの部隊の一部は、常にジャワ島マジウン基地に移動して訓練を実施していたので、我々はときおり交代で出かけていた。セレベス島のケンダリーはそれこそ何もないところで、それにくらべるとジャワは楽天地であった。

粕谷にとっては、陸攻隊がときどきジャワに出かけるのが羨しくてたまらなかったのだろう。ついにある日、同僚のパイロットらと語らい、テスト飛行と偽って零戦の操縦席の後方に身をひそめ、ジャワ島スラバヤのタンジョンブリオク飛行場に飛んだ。丸一日、スラバヤ生活をエンジョイ（これは私の想像であるが）し、翌日、晴々とした顔でケンダリーに帰還した。これは後から本人に聞いてわかったことだが、あの人並み以上に大きな粕谷が狭い零戦の胴体に身をかがめた姿は、思うだに愉快に感じたものであった。

昭和十八年十二月中旬、私は横空付を命ぜられて、陸攻でケンダリーを出発したのであるが、いつまでも帽子を振って送ってくれた粕谷の姿がいまでも忘れられない」

4

古田、稲本、粕谷らが陸上の戦闘で死んだあと、フィリピンの戦いの大勢は決し、日本軍の組織的な抵抗は終わった。そこでアメリカ軍はほこ先を沖縄に転じ、昭和二十年三月二十五日、那覇の西約三十キロの洋上にある慶良間列島に上陸した。これは後につづく沖縄本島上陸の伏線で、沖縄を取られたら日本本土の九州が危ないとあって、日本軍は死に物狂いの反撃を試み、四月六日からは特攻攻撃を主体とした「菊水」作戦を開始した。

この「菊水」作戦は、一号から十号まで十次にわたって行なわれたが、そのハイライトは何といっても戦艦「大和」以下十隻の艦艇による水上特攻だった。しかし、沖縄の敵上陸地点に向かう途中の四月七日、敵艦上機の大群による攻撃で、「大和」以下、軽巡「矢矧」、駆逐艦「霞」「浜風」「朝霜」の五隻が沈没、損傷がひどかった駆逐艦「磯風」も、味方駆逐艦の砲撃で処分するという悲惨な結果に終わった。そして「大和」には、五十期の牧田国武大尉、「朝霜」には同じく佐多盛雄大尉が乗っていたが、他の多くの乗組員たちと同じく艦と共に海底深く没した。

牧田は県立鹿児島第一中学、佐多は県立川辺中学出身で、ともに薩摩健児であったが、はからずも同じ戦闘で戦死した。

「ハワイ作戦からインド洋セイロン作戦まで、緒戦の輝かしい戦績を牧田とともに果たし、昭和十七年四月下旬、母港に帰投して、あわただしい整備補給に従事中、彼に転勤電報が来た。当時、急速艤装中で完成まぢかの航空母艦『飛鷹』乗り組みを命ぜられたのだった。その送別の宴のあと、寝静まった街を肩を組みながら、互いに武運長久を祈り七生報国を誓いつつ、校歌を合唱して歩いた。海軍橋の上で、川面にそよぐ薫風に感激の酒の酔いを醒ましながら名残りを惜しんだ。語りつきぬままいよいよ別れの時刻となり、再会を約して固い握手を交わしたのを最後に、彼は駅へ、私は桟橋へと袂をわかった。折しも満月が中天にかかって烏帽子岳をくっきりと映しており、その下を靴音高く歩いて行く彼を、しばし振り返って見送ったのだった。開戦前、月のない降るような満天の星の下の航空母艦『飛龍』の飛行甲板で、君に教えてもらった島崎藤村の『椰子の実』は、いまでも僕のもっとも好きな歌であり、共に歌ったころの純真そのものの牧田の面影は、終生忘れることはできない」（萬代久男）

「七十余年、営々として築き上げた連合艦隊が文字どおり壊滅した比島沖海戦後、戦艦『大和』が呉に帰投した。そのころ、潜水学校高等科学生を卒業したものの乗る潜水艦がなくてぶらぶらしていた私は、はじめて巨艦『大和』に牧田を訪れた。ちょうど研究会の最中で多忙の身ながら、彼は十畳間ぐらいの私室（狭い潜水艦に乗っていた当時の私にはとても広く、かつ快適に感じられた）に案内してくれ、サントリーの角瓶を傾けながら歓待してくれた。

わずか三十分ほどではあったが、戦争の様子から考えてふたたび相見ゆる日はないであろうことを覚悟して別れた。果たして、その後いくばくもなく、『大和』は連合艦隊の最後を飾るべく特攻作戦に出撃し、沈没した。おそらく牧田は、最後まであの物静かな態度で淡々として逝ったのではあるまいか」（時忠俊）

島崎藤村の「椰子の実」が好きだった牧田国武に対し、佐多盛雄は、一高の寮歌「あゝ玉杯に花うけて」をよく歌った。中村治之は語る。

「佐多と南方で再会したのは、不確実な記憶だが、サイゴンだった。

私は輸送機を乗り捨て宿舎に向かった。北欧風の感じがする宿舎の食堂で、乾く喉を現地産のビールでいやしていると、後ろから肩を叩かれた。それが佐多であった。彼は懐かしそうに私の傍に腰を下ろした。

『いまも、あゝ玉杯か』私は彼がよく口ずさんだ歌を思い出して尋ねた。

『相変わらずさ。しかし、近ごろはタンゴやシャンソンが好きになった』

『ほう、ずいぶんと変わったものだな』

『そこだよ、貴様』といって、彼は理論整然とした歌曲論の展開をはじめた。人生にはメロディーが必要だ、というのがその要旨だった。

『人間が同じことを繰り返して行くとき、なおさらにその必要性を痛感する。俺もよくは分からないが、我々の世代の人間には、一つのレモンならぬ何ものかが必要ではないかな』

翌日、二人で街を散策した。彼は二、三日滞在するとのことだが、私は明朝にも立たねばならなかった。彼と会うのもこれが最後だろうと思った。あちこちで敗色濃厚な昭和十九年である。私たちは訣別にも類した気持で酒場に入った。バーといっても近代的な豪華なものではない。ビールで乾杯して前途の多幸を祈り合ったのち、気持豊かに彼は歌いはじめた。

『あゝ玉杯に花うけて、緑酒に月の影やどし……』

やはり彼はこの歌に生きていた。過ぎ来し青春時代の夢がここにあったのであろうかと、私も合唱した。彼は私の手を取ると、固く握り締めて有終の美を誓い合った。専権の野望もなく、平静な湖水のごとき彼であった。

昭和二十年四月七日、特攻艦隊の悲報が悲しみと反省を我々にうながした。佐多は駆逐艦『朝霜』の指揮所で、玉杯に散る花びらのごとく、端然と愛国の情に燃えて散り逝ったのである」

佐多、牧田両大尉が戦死して間もなく、今度は粕谷秀雄と「おみきどっくり」コンビのチビのほうの本荘素秀大尉が戦死した。

本荘大尉の乗った重巡「羽黒」は、比島沖海戦で損傷を受けたのちシンガポールに回航されたが、昭和二十年五月十六日、シンガポールからインド洋のアンダマン基地に物資輸送の途中、マラッカ海峡でイギリス駆逐艦隊と遭遇して魚雷三本によって撃沈された。

機関学校一号時代の本荘生徒と江村看護婦との恋については前に触れたが、彼の恋もまた完結することはなかったのである。

福岡県立小倉中学出身の本荘は、お寺の息子だったが、生徒時代に休暇で帰った際、父のお伴で檀家まわりをしたことがバレて叱られたという彼は、戦死したクラスメートの名を書いた紙片を前に、軍艦の中でも毎日、読経を欠かさなかったという。万年チビを略してマンチとよばれ、ひょうきんで利かん坊だった本荘の隠れた一面であった。

昭和十九年三月五日、アメリカ軍がマニラを完全占領した後も、フィリピンにおける戦闘はつづいていた。ルソン島の日本軍はクラーク地区飛行場群の西北方にある山岳地帯にこもって抵抗をつづけ、これを掃討しようとするアメリカ軍との間でしばしば衝突が起きたが、この地上戦闘で四〇一空分隊長の山村稔大尉が六月二十五日、二五二空の柳田辰雄大尉が七月二十五日、それぞれ戦死した。

県立鳥取二中出身の山村稔は、機関学校生徒時代、「細々とした長身と、老成したような風貌、さらにスキー場におけるまさに風を切るような名技が印象的だった」（寺本了）というが、勉強のほうもすばらしく、卒業時には三番の成績で恩賜の短剣をもらっている。

山村の戦死はだれに語られることもなく、その死は決して華々しいものではなかったが、それを肯定するような考えが、彼が機関学校の二号生徒時代のクラス会誌の中に見られる。

このクラス会誌に、山村は当時、イギリス艦隊に追いつめられて中立国のモンテビデオ港に逃げ込んだ後、港外に出て自沈したドイツ軍艦「アドミラル・グラーフ・シュペー」の最後を取り上げてつぎのように結論している。

「シュペー号艦長ランドルフ大佐の死は、ドイツ精神の発露ともいうべき軍人としてじつにりっぱな死であるが、我ら日本軍人としては、もう一歩深く考えてみる必要がある。艦とともに沈んだ艦長を除く他の乗組員たちは、なぜ自爆する艦を去ったのか。さらに、なぜ中立国の港に逃げ込んだのか。日本の軍艦だったら刀折れ矢尽きるまで戦って勝敗を決したであろう。そして単なる海上の一戦闘として終わり、シュペー号のようにこれほど人の口にものぼらなかっただろう。しかし、たとえ人に語られずとも、それが本当の日本海軍軍人の戦闘のあり方ではないだろうか」

乗組員約一千名を中立国の港に降ろしたのち港外に出て自沈し、艦と運命をともにしたドイツの艦長ランドルフ大佐の英雄的行動は、当時、全世界の話題になったが、山村はこれを不満として、「刀を打ち折れば手にて仕合い、手を切り落とされば肩節にてほぐり倒し、肩切り離さるれば口にて首の十や十五は食い切り申すべく候」という葉蔭の一節を引用し、「最後の一兵になっても戦うべし」としている。そして彼はその信念にしたがって死んだ。

柳田辰雄は、県立鹿児島一中の出身だが、同じ鹿児島一中から入った古垣博彬より一年先の昭和十二年四月一日に機関学校に入っている。つまり本来は四十九期なのだが、健康を害してしばらく休学療養していたため、途中から五十期に編入された異色の存在であった。

「いつもひょうひょうとしていて、〝苦しいこと、悲しいことなど世の中にない〟といった感じを受けた」（寺本了）という柳田は、五十期の中ではもっとも早く海軍に入り、一番最後の戦死者となった。

終章　戦争が終わった

1

昭和十九年一月二十九日、田口、杉野、澤田、竹井、横手、蛭澤、小川武らがそれぞれ第一線航空隊への配属が発令になったとき、一人だけ古巣の霞ヶ浦航空隊に舞いもどって飛行学生の教官をやっていた宮内賢志大尉は、来る日も来る日も同じことばかりくり返す、この〝お礼奉公〟にはうんざりしていた。

そんな宮内が教官になって五ヵ月ほどたった十九年六月ごろ、胆を冷やす事故にぶつかった。この年の三月に入った四十二期飛行学生に対する特殊飛行同乗訓練中にエンジンが停止し、空中滑走で桑畠に不時着したものの、着陸に十分な距離がなかったため転覆してしまったのである。

さいわい飛行機は少し壊れた程度ですみ、乗っていた宮内も学生も無事だったが、これでいよいよ教官にイヤ気がさした宮内に、待望の部隊への転勤命令が出たのは、それから二ヵ月ほどたった八月二十日のことだった。

発令は「横空付を命ず」という簡単なものだったが、彼にあたえられた任務は、開隊したばかりの攻撃二六二飛行隊で、新鋭機「銀河」の操縦を習得することであった。「銀河」は、双発の大型機ながら、急降下爆撃も雷撃もできる陸上爆撃機という新しい機種で、「紫電」戦闘機と同じ二千馬力の「誉」エンジンを装備した期待の新鋭機だったから、旧式となって被害が増大しつつあった一式陸攻や九九艦爆に代わってぞくぞくと機種改編や新しい飛行隊の編成が行なわれていた。

「銀河」は空中での性能や操縦性はすばらしかったが、整備上に難点があったことと、脚が弱くて着陸時によく事故を起こすのが悩みの種だった。戦争の中ごろから材料の質が落ちたことや製造品質の低下が原因であったが、さいわい宮内は、横空での訓練は何事もなく終えることができた。

昭和二十年三月二十六日、宮内大尉は攻撃二六二飛行隊分隊長に発令された。飛行隊も横須賀から宮崎に移って錬成をつづけたが、空襲が激しくて訓練にならず、五月なかばに鳥取県の美保基地に移った。

ここでも飛行機の不具合や搭乗員の不慣れから、しばしば事故が起きたが、ある日、宮内自身も再度、命を失いかけるできごとを経験する羽目になった。

前述のように「銀河」は、「誉」エンジン二基を装備していたが、エンジン故障が多いことからやや出力は小さいが一式陸攻と同じ三菱「火星」エンジンに換装したものが少数つくられた。宮内の飛行隊にも、この「火星」エンジンつき「銀河」が配備されたが、あるとき急降下訓練中の一機が引き起こしができずにそのまま地面に激突するという事故が起きた。

単発の九九艦爆や「彗星」で急降下の場合は、高度二百五十メートルくらいで引き起こしていたが、「銀河」は機体が重いうえにスピードがあるので、五百メートルで引き上げることになっていた。それが、なぜか突っ込んでしまったのは、舵の利きが悪いためと想像された。しかし、事故の原因がはっきりしない以上、飛行機を飛ばすこともできないし、隊員たちも恐がって乗りたがらないので、「ヨーシ、俺が原因を確かめてやる」と、分隊長の宮内がテストを買って出て、事故当時と同じ状況で飛んでみることになった。

操縦は宮内大尉、後ろの射手席とガラス張りの機首の偵察席にもそれぞれ搭乗員が乗り込み、美保飛行場を離陸した。飛行場の端、日本神話の「やまたの大蛇《おろち》」の伝説で有名な火の川のあたりに爆撃の標的があり、高度二千メートルからそれに向かって急降下を開始した。「五百メートルで引き起こそうとしたが、やはり舵が利かない。渾身の力で操縦桿を引いたが駄目。地面がぐんぐん近づいてくる。前の偵察席にいたのは一番こわかったろう。『分隊長、アーもう駄目だ、駄目だ』と必死になって叫んでいるのが伝声管を通じて聞こえた。そのとき、無意識に修正タブを操作したところ舵が利いて、地面の草をなめるようにして機首が起きた」

高度ゼロメートルのまさに恐怖の引き起こしで、地上で見ていた者は〈分隊長が死ぬ〉と観念したらしい。だが、宮内は強運にも無意識の操作によって死をまぬがれた。そして、その後も、運命は何度も死んで然るべき場面から、彼を引き離したのである。

「銀河」は双発の大型機でありながら速力が速く、爆弾一トンを積んで五千キロ以上も飛べるところから、「銀河」部隊を使って遠く離れた敵基地を攻撃する特攻作戦がしきりに計画された。その最初のものが、三月十一日に行なわれた攻撃二六二飛行隊の「銀河」二十四機による第一次「丹」作戦であった。

これは猛威をふるう敵機動部隊の根拠地であるカロリン群島のウルシー環礁を奇襲攻撃しようというもので、誘導の二機の二式大艇（四発大型飛行艇）と共に梓特攻隊と名づけられたが、鹿屋から直距離で約二千六百キロにおよぶ長距離進攻に加え、目標上空への到着が夜であったために数機が攻撃に成功したに過ぎず、戦果は空母一隻を大破したにとどまった。そもそも途中の天候変化や敵機との遭遇を避けながら、十時間近くも狭い機内に閉じ込められたまま飛ぶこと自体に、この作戦の無理があったが、作戦指導部はあえて第二次「丹」作戦を計画し、その指揮官に宮内賢志大尉が選ばれた。

攻撃実施は五月初旬と決まり、宮内大尉のもとで攻撃の訓練がはじまった。ところが、攻撃予定日が近くなったとき、宮内は発診チブスにかかって高熱を出し、松江日赤病院の隔離病棟に入れられてしまった。十日ほどで直って出て来たが、この間に第二次「丹」作戦は、代わりの隊長の指揮で特攻第四御楯隊として決行された。

この特攻作戦も、第一次と同じ二十四機が予定されていたが、出撃できたのは十八機で、六機は悪天候のため途中で作戦中止となり引き返した。しかし、帰って来たのは十二機で、六機は行方不明という惨めな結果に終わった。その後も「丹」作戦は何度か計画されたが、そのつど空襲で飛行機が被害を受けたりして延期になり、宮内の出番はついになかった。

不発に終わった第二次「丹」作戦のつぎは、「剣」作戦計画だった。当時、日本の各都市はマリアナ諸島のサイパン、テニアン、グアム各島から発進するB29爆撃機による空襲で、つぎつぎに焼野原と化していたが、その憎むべきB29の基地を叩くために、必死の特攻部隊を、これらの島々に送り込もうというものであった。

作戦はまず「烈」部隊の陸上爆撃機「銀河」五十四機で、マリアナ各基地の爆撃と機銃掃射（下向きに機銃二十梃をつんだ「銀河」改造機による）を行ない、その直後に陸戦隊および陸軍兵士六百名を乗せた「剣」部隊の一式陸攻が強行直陸してB29を焼き払うというもので、七月末の月明を期して決行することになり、「烈」部隊は松島の矢本基地、「剣」部隊は三沢基地でそれぞれ訓練に入った。ところが、七月十四日早朝に三沢基地が、八月九日には矢本基地がともに敵艦載機の攻撃を受けて飛行機の多数に被害が出たため、作戦は八月十九日以降の月明の夜に変更された。そして、八月十五日の終戦によって、作戦はついに発動されることなく終わった。

六月二十二日に七〇六空分隊長を命ぜられた宮内大尉は、矢本基地で「銀河」隊の訓練の手助けをしていたが、この特攻作戦からははずされ、隔離入院の宮内に代わって第二次「丹」作戦で指揮官をつとめた野口克己大尉（乙種予科練一期）が「銀河」隊の隊長になっていた。

病後であったことと、この特攻作戦のあと指揮官がいなくなっては困るというのが理由だったらしいが、仮に戦争がもっとつづいて「剣」作戦が決行されたとしても、宮内はもうしばらくは生きながらえるべき運命にあったのである。

「剣」作戦で、陸戦隊三百名を乗せてマリアナ基地に強行着陸する「剣」部隊の一式陸攻三十機の指揮は、宮内の二期後輩にあたる機関学校五十二期の国崎虔《ただし》大尉だったが、確定されていた死から解き放たれた国崎は、部隊が消えた最後の日の様子を、万感の思いをこめてつぎのように語っている。

「八月二十二日午前零時を期して、解隊式が行なわれた。総員が広場に集合し、中央に部隊のシンボルである三メートルの白木の剣を立てて軍艦旗をかけた。総員が粛として声なく、じっと涙をかみしめている。こうこうと輝く月、サイパンにもいま、この月が輝いているかと思うと感無量であった。

やがて軍艦旗に火をつけ、剣もろとも紅蓮の炎をあげて夜空に燃えあがった。

そのとき飛行長が大声を張り上げて、

『軍艦旗は燃えた！　海軍はいまほろびたが、海軍魂は決してほろびない。十年後、元気でまた会おう』

と叫ぶと、いままでこらえていた涙がどっとあふれ、やがて男泣きの嗚咽となってひろがった。

私にとっては、搭乗員もふくめると四百五十名の命を一身にせおう重圧と、想像もおよばない猛訓練に耐えていた出撃直前の終戦であった。せっかくあたえられたこの命を、こののち決して粗末にすまいと心に誓った」

2

特攻では死神に見離されたかのように出番のなかった宮内だったが、戦争が終わってからそれがまわって来た。

終戦から二週間ほどたったころ、アメリカ軍の命令で、アメリカで性能調査をするため日本海軍の代表的な飛行機を集めることになり、宮内がいた矢本基地からも、「銀河」を横須賀まで空輸することになった。

当時、基地では搭乗員はみんな殺されるといううわさから発した混乱も、やっとおさまったときであったが、司令以下、主だった人たちは早々と復員してしまい、残った中で最上級者になった宮内が空輸の責任を負わなければならなくなったのである。

飛行機はアメリカ軍の指示で、すべてプロペラをはずした状態で野ざらしになっていたので、飛ばせるように整備するのが一苦労だった。九月十日には試験飛行も終えたが、さんざん待たされた末に一ヵ月後の十月十日、やっと出発となった。

日の丸を消し、白い星とブルーの縁どりのアメリカ軍のマークが画かれた「銀河」は、二機のグラマン戦闘機の監視のもとに出発したが、エンジン不調で引き返し、整備をやり直して、約一ヵ月後の十一月三日、再度、出発した。今度は天気がいいうえにエンジンの調子もよく、これがかつての敵に引き渡すための飛行であることを、宮内も忘れかけたほどだったが、東京湾上空に来てきびしい現実に引き戻された。

それは何とも壮観であった。それまで、数えるぐらいしか見えなかった日本の艦船にくらべ、東京湾を埋めつくすほどのおびただしい数の艦船がいるのだ。こんな連中と戦っていたのかと、改めて無力感を覚えたが、横空飛行場に近づくにつれて完全にダメージを受けた。ここにもまた東京湾と同様、飛行場狭しとばかり飛行機がいて、一年前にこの飛行場で「銀河」の飛行訓練をしていたのがウソのように思えた。

「着陸して列線に近づくと、みんなアメリカ人ばかりで、日本人は一人も見えない。いよいよここは敵地だと覚悟を決めて飛行機を降りた。とたんに兵隊らしいのが二、三人近寄って来て、襟章や飛行服の階級章、あげくのはては飛行帽まで剝ぎ取られてしまった。何の抵抗もできず、無条件降伏のやるかたない憤りをここではじめて味わった」

宮内の忘れ得ぬ屈辱の思い出であるが、同行の中尉と少尉をふくめた三人は横須賀駅まで車で送ってくれるはずが、いくら待っても運転手が現われる様子がないので、宮内は意を決して通りかかった一人に英語で話しかけた。

「アメリカ軍の命令で、我々は飛行機を運んで来たが、横須賀駅まで送ってくれるはずの運転手がいなくなって困っている。ヘルプミー」

機関学校生徒時代、イギリス人のイングロット教授にしごかれた英会話が、こんなところで役に立つとは思わなかったが、どうやら意味が通じたらしく、そのアメリカ人は、運転手のことには触れずに、「任務を終わって帰るのなら、君たちがいま着用している飛行服はいらないだろうから俺にくれ」という。飛行場に着いたとき襟章や帽子を取られ、ここでまた飛行服まで取られては大変だと思った宮内は、「俺たちは日本で一番寒い北の北海道に帰るのだから、この飛行服を君にやったら、凍えて死んでしまう」とウソをいって、その場をのがれようとした。

すると彼は着ていたジャンパーと交換しようといい出した。宮内もちょっと心が動いたものの、なお迷っていると、もどかしくなったのか、彼は宮内の飛行服のチャックに手をかけて早く脱げと催促する。

「これで一巻の終わりかと思ったとき、この様子を見て不審に思ったのか、一人の士官が近づいてきた。じつはかくかくの次第だと話すと、アメリカ政府は追浜駅までしか送ってやれぬという。どこでもいいから、早くここから逃げ出したい気持でいっぱいだった。こうしてその士官に追浜駅まで送ってもらい、無事放免された。帰途、逗子のオヤジ（注、機関学校時代の学年監事武富温興教官）のところに寄ってから帰郷した」（宮内）

宮内の復員は終戦後三ヵ月たってからだが、それから三ヵ月後の昭和二十一年一月、ミッドウェー海戦で空母「飛龍」が沈んで漂流中アメリカ軍に救助されて抑留されていた機関科員が、同じく救助された重巡「三隈」ほかの乗員とともに浦賀に帰って来た。この中に「飛龍」機関長付だった萬代久男少尉がいた。萬代の戦争もこれで終わったが、それは戦後の長く苦しい生きるための戦いのはじまりでもあった。

萬代は戦後に生きる戦いを開始したが、戦争による病いがもとで、戦後いくばくもなくその前途を断たれた者もいた。

竹井、蛭澤、横手らと同じ三十一期整備学生だった望月富雄大尉の場合がそれで、望月は整備学生を終えたあと、当時、激しい航空戦が行なわれていたソロモンのラバウル、ブイン方面で整備分隊長として活躍していたが、日夜つづく激戦で睡眠不足に陥ってしまった。飛行機搭乗員は戦闘が終わればくつろげるが、整備のほうは飛行機整備や破損部分の修理などでほとんど不眠不休の状態だったのである。

そうして身体が弱ったところに、マラリアとデング熱にかかり衰弱がひどくなったので、昭和十九年一月に内地に送還され、横須賀の海軍病院で療養中に、八月十五日の終戦となった。その後、一時、元気を取りもどしたかに見えたが、戦後のひどい食糧事情と、熱病のあとによくある下痢つづきのため、昭和二十二年十月、その若い命を閉じた。

戦病死の扱いとなったが、遠い戦場ではなく、故国に帰って両親に看取られながらの死であったことが、せめてもの救いであった。

宮内、萬代、そして病死した望月にしても、終戦となった八月十五日に、一応、戦争の区切りはついたが、戦後になってなお三年間も戦争を引きずっていた者もいた。

昭和二十年一月、アメリカ軍がルソン島に上陸してクラーク地区飛行場群を占領してからは、この方面にいた整備部隊はすべて陸戦隊となり、陸上戦闘で古田運平大尉をはじめ、五十期の期友がつぎつぎに戦死したが、北菲空分隊長だった宮本義一大尉は運よく生き残り、フィリピンから復員した。しかし、フィリピンにいた当時、捕虜を斬殺した部下の責任をとらされ、戦犯として部下とともに巣鴨拘置所をへてフィリピンのモンテンルパ刑務所に送られた。

宮本は自分に全責任があると主張して部下を釈放させ、自分は死ぬつもりでいたが、フィリピンにいた当時、現地人にあたたかく接して慕われていたことから嘆願書が出され、二年間にわたる裁判の末に不起訴となり生還した。

以下は宮本（神奈川県平塚市、故人）の抑留生活の記である。

戦後二年間の牢屋暮らしは、冷静に死を覚悟した生涯の大事件であった。そのときは戦時中の感激も失せ、せっかく復員して病身の親父が喜んでいたのに、「今度は死ぬ」と水盃をして別れるのは気の毒であった。私自身も遠からぬ死を予期してあわてた。それは自由というものを知って以来、人生になすべき道楽がじつに多くなったのに、先がつまるとそれがとてもできそうになくなったことである。

巣鴨拘置所には、じつに沢山の読み物があった。新聞だけでも、毎日十紙以上回覧されるし、ほかにも雑誌や全集物、それにアメリカ兵が読む小説類とおびただしかった。その内容には、それまでにまったく夢想だにしなかった自由があった。それらを読んで、私の心は空間的にも時間的にも無限大に放射する思いであった。入牢前には、「死を前にして何もすることのない牢屋の独居はつらかろう」と心配していたが、実際に入ってみると、忙しくて仕方がなかった。起床は待ち遠しく、食事の間隔が短すぎ、就寝が早過ぎる思いであった。
牢屋には、アメリカ兵の看守が覗き見するための郵便葉書大の金網張りの小窓が、廊下側にあったが、就寝後、私はこの窓洩る光で毎晩のように読書した。当時、「ジャパンタイムズ」所載の敵将マッカーサーの演説や論文は不思議と好きで、調子をつけて音読していた。また、自分でも「わかれみち」「逆立ち」「元素の周期律表」と題した三編の小説と、六十編ほどの詩を書いたが、フィリピンに移送されることになって、私物を家に送った際に没収されてしまった。しかし、入牢第一作の詩はいまでも憶えている。

ゴルゴタの丘の
神の御子の
ことばの謎を
どす黒い機械油の
粘っこい底に沈めて
青白い閃光を誇る時に
わたしがひとり
コスモスの仄かなにおいに
陶然としているのを
オリオンの彼方の

別の宇宙から
あのひとはみているだろう

不起訴になった宮本が二年ぶりに家に帰ったとき、彼の父はすでに亡くなっていた。宮本の帰還は昭和二十三年一月で、海軍機関学校五十期期友たちの長かった戦争は、これによってやっと終わりを告げたのであった。

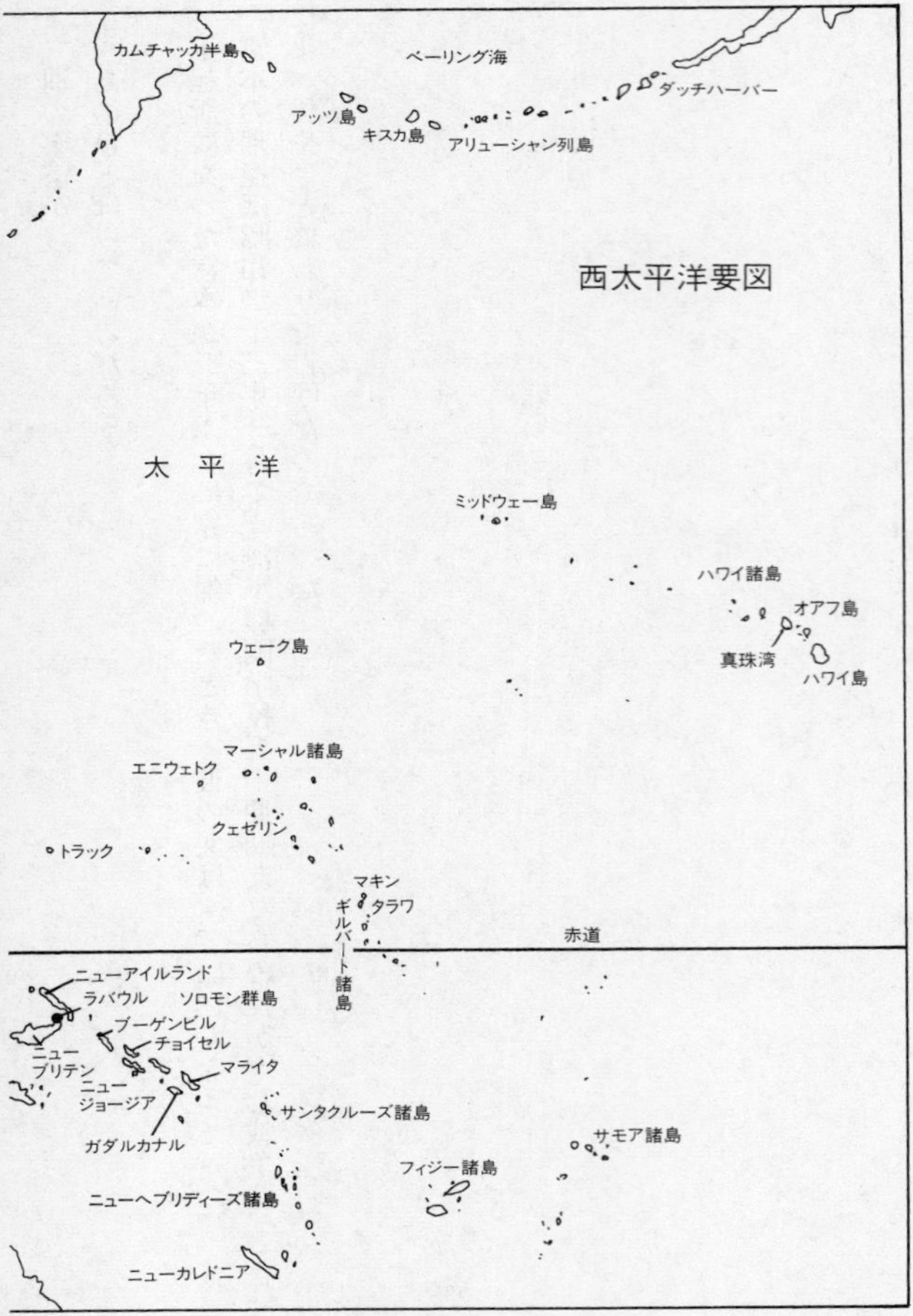
カムチャッカ半島
ベーリング海
ダッチハーバー
アッツ島
キスカ島
アリューシャン列島
西太平洋要図
太 平 洋
ミッドウェー島
ハワイ諸島
オアフ島
真珠湾
ハワイ島
ウェーク島
マーシャル諸島
エニウェトク
クェゼリン
トラック
マキン
タラワ
ギルバート諸島
赤道
ニューアイルランド
ラバウル
ソロモン群島
ブーゲンビル
チョイセル
ニューブリテン
ニュージョージア
マライタ
ガダルカナル
サンタクルーズ諸島
サモア諸島
フィジー諸島
ニューヘブリディーズ諸島
ニューカレドニア

251　西太平洋要図

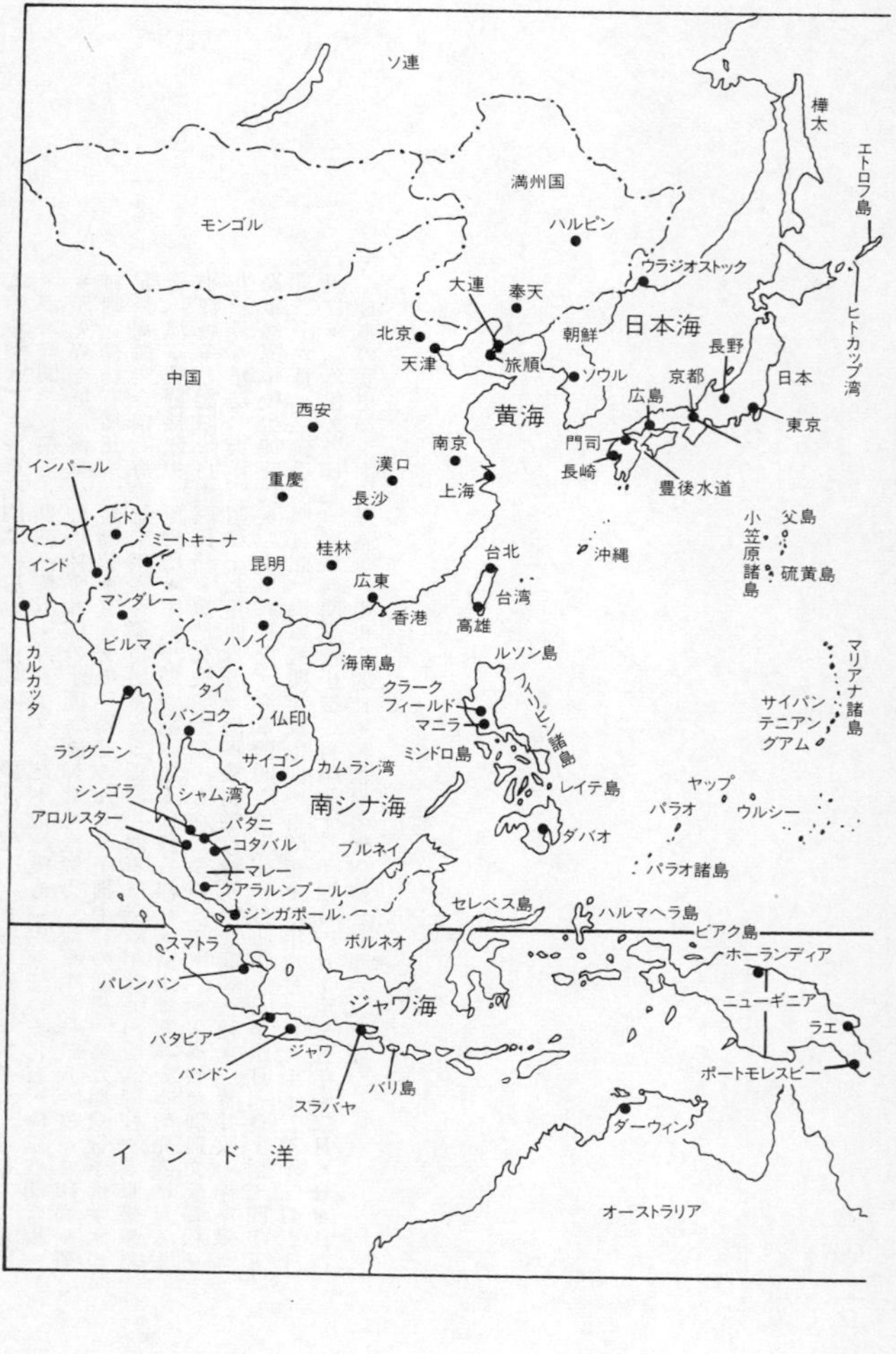
ソ連
樺太
エトロフ島
ヒトカップ湾
満州国
モンゴル
ハルピン
ウラジオストック
大連
奉天
北京
天津
旅順
朝鮮
日本海
ソウル
長野
京都
日本
広島
東京
中国
黄海
門司
長崎
豊後水道
西安
南京
漢口
上海
重慶
長沙
インパール
レド
ミートキーナ
インド
桂林
昆明
台北
沖縄
台湾
小笠原諸島
父島
硫黄島
広東
香港
高雄
マンダレー
ハノイ
カルカッタ
ビルマ
海南島
ルソン島
マリアナ諸島
フィリピン諸島
タイ
クラーク
フィールド
マニラ
サイパン
テニアン
グアム
バンコク
仏印
ラングーン
ミンドロ島
サイゴン
カムラン湾
シンゴラ
シャム湾
レイテ島
ヤップ
南シナ海
パラオ
ウルシー
アロルスター
パタニ
コタバル
ダバオ
ブルネイ
マレー
パラオ諸島
クアラルンプール
シンガポール
セレベス島
ハルマヘラ島
ビアク島
スマトラ
ボルネオ
ホーランディア
パレンバン
ニューギニア
ジャワ海
ラエ
バタビア
ジャワ
バンドン
バリ島
スラバヤ
ポートモレスビー
ダーウィン
インド洋
オーストラリア

【参考文献】＊海軍機関学校第五十期編「亡き級友を偲ぶ」＊海軍機関学校第五十期編「友垣」＊海軍機関学校第五十期編「第五十期クラス会誌＊山崎実徳「生きている化石・海軍機関学校」＊座光寺一好「海軍少佐小林平八郎の生涯」画禅堂＊提健男「海軍中将杉政人」ヨハネ印刷＊菊村到「提督有馬正文」新潮社＊富永文男「提督の死・一予備士官の回想」第六期飛行予備学生の記録＊海空会編「海軍航空年表」原書房＊永石正孝「海軍航空隊年誌」出版協同社＊零戦搭乗員会「海軍戦闘機隊史」原書房＊甲飛十期会編「散る桜残る桜」＊冨永謙吾「大本営発表に見る太平洋戦争の記録」自由国民社＊澤地久枝「生還・もう一つのミッドウェー海戦」別冊文藝春秋一九二号＊雑誌〝大洋〟昭和十九年四月号「海軍機関学校特輯」文藝春秋社＊「竹井改一作業録」海軍機関学校生徒時代＊「小川武日記」海軍機関学校生徒・自昭和十三年四月一日〜至十四年五月二十六日＊「横手高明日記」海軍機関学校生徒・自昭和十四年六月一日〜至十五年十二月二十四日＊「萬代久男日記」海軍機関学校生徒・自昭和十三年四月一日〜至十五年十二月八日＊林茂「日本の歴史25・太平洋戦争」中央公論社＊「世界の傑作機・彗星」文林堂

文庫版のあとがき

この本は先に出した「海軍機関学校八人のパイロット」を、文庫化に際して内容を少々整理し、題名も内容によりふさわしく変えたものである。

海軍機関学校については本文に触れているように、兵学校と並んで海軍士官の中軸として、さる太平洋戦争で大きなはたらきをした。しかも、機関科将校と飛行機とのかかわりといえば整備関係だけかと思っていたら、五十期の中に戦闘機を含む八人ものパイロットがいたと聞かされて意外な気がした。

それがこの本を書くことになったきっかけで、先に「海軍機関学校八人のパイロット」が出たあと、機関学校五十期クラス会で本の読後感をまとめて印刷したものをつくり、筆者も一部恵贈を受けた。

それにはクラス、御遺族だけでなく、いろいろな方からの感想が紹介されていたが、そのうちの一つ、この本の主役の一人である竹井改一少佐の実妹である柳原駿子さんのお手紙の一部を紹介させていただく。

「――兄の性格を融通のきかない、頑固一点張りの謹厳居士のように書かれていますが、私たち兄弟の知っている兄は、決してそうではありませんでした。家での兄は明朗快活で、帰宅するたびに、私たちに機関学校で歌っている歌をいろいろ教えてくれました。

私たちはそれをノートに書き写し、帰宅する兄を待って姉たちとよく合唱したものでした。神宮プールに泳ぎに行ったり、須椰子姉をつれてお台場に魚釣りに行ったりもしました。また、面白いことをいっては、よく母や私たちを笑わせていました。

ただ真正直ですなおな兄は軍律を忠実に守り、国への忠誠をつくすことのみを考えていたのだろうと思います。それは若さゆえに、軍人精神に反した行動をも許す寛大な心の余裕、すなわち人情としての融通性に欠けると見られたのではないでしょうか。（中略）

でもこんなことは、家での本当の兄を知る血のつながった者の切ない弁解かも知れませんが、それでも書かれていない軍服を脱いだときの、兄の赤裸々な姿を知っていただきたく、あえてつたないペンを取りました。

すると『つまらん事をいうな……』と遠い海底に沈んでいる兄の声が、そして『改一は人一倍やさしい子だった。あんた達のいうとおりだよ』という、長男として兄を一番心の支えにしていた亡き父母の声が、今あらたに耳元に聞こえてくるような気がします。（後略）」

これを読んで、人を描写することのむずかしさをつくづく思い知らされた。ちなみに竹井少佐は昭和十九年十月十五日、第二十六航空戦隊司令官をのせた指揮官機を操縦して攻撃に出たまま未帰還になった。

こうしたいわゆる〝戦記物〟（この言葉は好きではないが）には、当然ながら多くの戦死された人たちのことが出てくる。そんな中で、一人の人物について沢山のページをついやしたのもあれば、わずか数行、なかには単に名前だけというのもある。だがその死の重さは変わらない。

そんな思いがあって、執筆に先立ちさる古刹の老師にお願いし、五十期の代表の方にも加わっていただき、七人のパイロットをはじめ五十期日戦死者の供養をした。

それにつけてもわずか五十年そこそこの過去に、若者たちのこんな生と死があったことを決して忘れないで欲しいと思う。

著　者

単行本　平成三年二月　光人社刊
原題「海軍機関学校八人のパイロット」

ＮＦ文庫

八機の機関科パイロット　新装版

二〇一八年二月二十日　第一刷発行

著　者　碇　義朗

発行者　皆川豪志

発行所　株式会社　潮書房光人新社

〒100-8077　東京都千代田区大手町一-七-二

電話／〇三-六二八一-九八九一(代)

印刷・製本　株式会社堀内印刷所

定価はカバーに表示してあります

乱丁・落丁のものはお取りかえ致します。本文は中性紙を使用

ISBN978-4-7698-3055-9 C0195

http://www.kojinsha.co.jp

刊行のことば

第二次世界大戦の戦火が熄《や》んで五〇年——その間、小社は夥しい数の戦争の記録を渉猟し、発掘し、常に公正なる立場を貫いて書誌とし、大方の絶讃を博して今日に及ぶが、その源は、散華された世代への熱き思い入れであり、同時に、その記録を誌して平和の礎とし、後世に伝えんとするにある。

小社の出版物は、戦記、伝記、文学、エッセイ、写真集、その他、すでに一、〇〇〇点を越え、加えて戦後五〇年になんなんとするを契機として、「光人社NF（ノンフィクション）文庫」を創刊して、読者諸賢の熱烈要望におこたえする次第である。人生のバイブルとして、心弱きときの活性の糧《かて》として、散華の世代からの感動の肉声に、あなたもぜひ、耳を傾けて下さい。

ＮＦ文庫

＊潮書房光人新社が贈る勇気と感動を伝える人生のバイブル＊

ＮＦ文庫

生存者の沈黙　悲劇の緑十字船阿波丸の遭難
有馬頼義
昭和二十年四月一日、米潜水艦の魚雷攻撃により撃沈された客船阿波丸。事件の真相解明を軸にくり広げられる人間模様を描く。

海兵四号生徒　江田島に捧げた青春
豊田　穣
海軍兵学校に拠り所をもとめ、時の奔流に身を投じ、思い悩む若者たちを描く。直木賞作家が自らを投影した感動の自伝的小説。

大西郷兄弟物語　西郷隆盛と西郷従道の生涯
豊田　穣
朝敵として斃れた兄隆盛と時代の潮流を見すえて、新生日本の舵取り役となった弟従道。大人物の内面を照射した感動の人物伝。

特攻基地の少年兵　海軍通信兵15歳の戦争
千坂精一
母と弟を守らんと海軍に志願した少年——小さな身体で苛烈な訓練と制裁に耐え、あこがれの航空隊で知った軍隊と戦争の真実。

「敵空母見ユ！」　空母瑞鶴戦史［南方攻略篇］
森　史朗
史上初の日米空母対決！　航空撃滅戦の全容を日米双方の視点から立体的にとらえた迫真のノンフィクション。大航空戦の実相。

不戦海相　米内光政　昭和最高の海軍大将
生出　寿
海軍を運営して国を誤らず、海軍を犠牲にして国家と国民を破滅から救う。抜群の功績を残した不世出の海軍大臣の足跡を辿る。

＊潮書房光人新社が贈る勇気と感動を伝える人生のバイブル＊

ＮＦ文庫

空想軍艦物語 冒険小説に登場した最強を夢見た未来兵器
瀬名堯彦

ジュール・ヴェルヌ、海野十三……少年たちが憧れた未来小説の主役として活躍する、奇想天外な兵器をイラストとともに紹介。

私記「くちなしの花」 ある女性の戦中・戦後史
赤沢八重子

『くちなしの花』姉妹篇――戦没学生の心のささえとなった最愛の人が、みずからの真情を赤裸々に吐露するノンフィクション。

蒼天の悲曲 学徒出陣
須崎勝彌

日本敗戦の日から七日後、鹿島灘に突入した九七艦攻とその仲間たちの死生を描く人間ドラマ――著者の体験に基づいた感動作。

特攻長官 大西瀧治郎 負けて目ざめる道
生出 寿

統率の外道といわれた特攻を指揮した大西瀧治郎海軍中将。敗戦後、神風特攻の責めを一身に負って自決した猛将の足跡を辿る。

日本陸軍の機関銃砲 戦場を制する発射速度の高さ
高橋 昇

歩兵部隊の虎の子・九二式重機関銃、航空機の守り神・八九式旋回機関銃など、陸軍を支えた各種機関銃砲を写真と図版で紹介。

海軍水上機隊 体験者が記す下駄ばき機の変遷と戦場の実像
高木清次郎ほか

前線の尖兵、そして艦の目となり連合艦隊を支援した縁の下の力持ち――世界に類を見ない日本海軍水上機の発達と奮闘を描く。